AF208542

© Bo Hansson 2017
Förlag: BoD – Books on Demand, Stockholm, Sverige
Tryck: BoD – Books on Demand, Norderstedt, Tyskland
ISBN: 978-91-7569-713-0

FÖRORD.

Sverige hade drabbats av fyra attentat de senaste tre åren. Först hade fjärrvärmen i tunnelsystemet sprängts så att centrala staden blev utan värme under en vecka och stora delar av stans befolkningen fick evakueras. Det visade sig att det var en muslimsk studerande med rötter i Marocko som låg bakom attentatet. Oroligheter utbröt och moskén på Södermalm brändes ner. Resultatet blev att motsättningen mellan muslimska invandrare och den vanliga befolkningen ökade.

Efter det kom den stora invandringsvågen 2015 och 2016 i samband med det utfördes ytterligare två sprängningar av en återvändande IS krigare. Vid det första attentatet sprängdes en reaktor i Forsmark, som tur var utan att läcka ut någon radioaktivitet. Sedan sprängdes en bomb på Stockholms centralstationen och över sjuttio personer dödades. 2017 fick Sverige sin första mördare som använde en bil som vapen, det var den 39 åriga Rakhmat Akilov som körde längs Drottninggatan, som är en gågata, med en kapad bryggarbil och dödade fem personer och skadade femton. Rakhmat kommer från Uzbekistan och greps genast. Han var asylsökande men hade fått avslag på sin asylansökan. Det troliga motivet är antagligen att han i likhet med IKEA mannen ville sitta i ett svenskt fängelse där standarden är bättre än ett lyxhotell i Uzbekistan.

Resultatet blev i ytterligare oroligheter och den sittande socialdemokratiska regeringen blev mer och mer impopulär samtidigt som Sverigedemokraterna fick mer stöd av befolkningen, enligt dom opinionsmätningar som gjorts. Efter det sista attentatet hade SD över 50% och begärde omval. Först fick de stöd av moderaterna men sedan backade de när de började inse att SD antagligen skulle få majoritet och då kunde de strunta i moderaterna och tillsätta en helt egen regering.

Därför var Sverige nu ett land i kaos. De få militärer som var tillgängliga fick hjälpa polisen, som inte räckte till, för att stävja det ökade våldet i samhället. Flera områden hade blivit isolerade och polisen hade inte resurser att gå in och återställa ordningen. Det var i stället ligor som styrde. Det i sin tur resulterade i krig mellan ligorna om vem som "ägde" marknaden för narkotika. Polisen verkade strunta i alla morden i samband med gängkrigen.

Den sittande regeringen verkade handlingsförlamad och skyllde utvecklingen dels på varandra och dels på den tidigare statsministern som med sitt "öppna era hjärtan" inledde flyktingströmmen. SD var från början mot den fria invandringen och alla övriga partier hånade och försökte frysa ut dem. Men när det kom 150 000 flyktingar anammade de SD;s krav på att åtminstone inte släppa in papperslösa flyktingar. En anledning till lappkastet var att de tappade röster enligt opinionsmätningarna, det fattade alla partiledare utom miljöpartiet och kommunisterna som mycket riktigt var under 4% nivån.

Ett annat problem som sittande regering inte kunde lösa var försvarsfrågan. Under mottot "Nu blir det aldrig mer krig" har försvaret bantats de senaste tjugo åren, så nu återstår endast en handfull officerare och ändå färre soldater. Svenska armen är det enda försvar i världen som har fler officerare än soldater. När sedan Ryssland började rusta och flytta fram sina possessioner försökte Sverige få stöd av Nato, som de inte ens var medlemmar i. Men USA;s nya president var tydlig med att han ansåg att inte hela Europas försvar inte var amerikansk angelägenhet. I det läget var Sverige tvunget att börja rusta och de ökade försvarskostnaderna, sammanslaget med kostnaderna för invandringen, sänktes landets ekonomi och regeringen började tala om att det kunde bli frågan om skattehöjningar. Att höja skatten, i ett land som redan har världens högsta skatt, var naturligtvis inte något som gynnade den sittande regeringen.

Sådan var situationen i Sverige när det var två hundra dagar kvar till valet. De etablerade partierna som kallades "makteliten", i den enda fria tidningen Aftonpressen, stod mot Sverigedemokraterna som var på frammarsch. Makteliten kämpade för sin överlevnad och det skulle visa sig att alla medel var tillåtna, de hade mycket att förlora. Något de etablerade politikerna ansåg som självklart, att de skulle få ett välbetalt EU jobb efter den politiska karriären, förturer i bostadsköerna samt ett firmakort som kunde användas som privatkort.

Alla de förmånerna skulle försvinna om SD fick majoritet efter valet.

För Sverigedemokraterna fanns det också orosmoln på himlen. De etablerade politikerna hade anammat deras politik och de väljare som gått över till SD hade åter svängt och börjat gå tillbaka till det parti de tidigare röstat på. Invandringen hade minskat till den nivå som var för fem år sedan och det var den stora frågan som gjort att SD fått så många röster.

Det stundande valet skulle bli ett ödesval. Skulle det svenska folkhemmet som alltid talat om för omvärlden vad som var rätt eller fel förvandlas till en bananrepublik. Redan nu var brottsligheten i vissa delar i landet högre än i Colombia.

Denna historia är skriven före valet 2018 så det finns ingen sanningsbakgrund. Det persongalleri som ingår i berättelsen är helt påhittat, så om det finns någon likhet med verkliga personer är det en ren tillfällighet.

PERSONGALLERI

Det ingår många aktörer i denna berättelse, så för att underlätta för läsaren har jag gjort en lista över de personer som förekommer i historien.

Chefredaktör på Aftonpressen: Emmanuel Bengtsson

Socialdemokratisk statsminister: Sten Lövner

Partiledare Moderaterna: Ann Bata

Partiledare Vänsterpartiet: Jan Sjögren

Partiledare Centerpartiet: Anna Loof

Partiledare Liberalerna: Dan Björkman

Språkrör Miljöpartiet: Gunvar Frigolin

Partiledare Kristdemokraterna Elsa Toren

Partiledare Sverigedemokraterna (SD): Jim Åkerman

Pressansvarig SD: Bengt Sundholm

Ekonomiansvarig SD: Leif Bokvist

Vise partiledare SD: Jarl Byholm

Överbefälhavare (ÖB): Sigvard Wrangel

Tidigare polischef: Dan Eliasson

Nya polischefen: Arvid Lindström

Polisens spaningsledare: Tore From

F.D polis som är privatutredare: Tommy Lind

Knarklangare: Bullen

Statsministerns sekreterare: Börje Engman

Ledare för fredsänglarna: Sverre

Medlemmar i Fredsänglarna: Dojan och Jenke

Kontrollant från MC klubb: Staffan

.

Kapitel 1

Efter valet 2014 hade missnöjet bland landets väljare
ökat. Anledningen var ett ökat skattetryck samtidigt
som medborgarna ansåg att de inte fick "valuta" för
den ökade skattebördan. Köerna till sjukhusen bara
växte och äldrevården gick på knäna. Man kunde dag-
ligen läsa om gamla som hittats döda i sina hem, och
många pensionärer hade inte pengar till mat. Men det
som oroade medborgarna mest var antagligen den
ökade kriminaliteten. Utländska ligor kom regelbundet
och gjorde inbrottsturnéer i Sverige och polisen ver-
kade maktlös.

Kriget i Syrien och svält i delar av Afrika hade också
genererat en flyktingström till EU området som blev ett
stort problem för många länder. Sverige var av tradit-
ion först ute med att "Alla är välkomna hit". Den före
detta stadsministern myntade uttrycket "vi skall öppna
våra hjärtan" och det blev ett mantra för den nyvalda
socialdemokratiska alliansen. Alla som inte instämde
kallades populistiska eller nazister, och det var en
strömning som inte enbart fanns i Sverige utan i stort
sett i hela EU.

När sedan England genom en omröstning gick ur EU
kraxade olyckskorparna att nu var måttet rågat, vad
skulle nu hända med EU? Egentligen är det inte så

konstigt att ett land lämnar EU för unionen är en sammanslagning av "fattiga" och "rika" länder. När det sedan sker en fördelning inom EU blir resultatet naturligtvis i slutänden att de länder som anses rika måste slussa över pengar till de fattiga länderna. Man kan förenkla det och säga att en arbetare i England inte vill ha sänkt pension för att en grekisk arbetare pensionerar sig vid 55 års ålder. Så egentligen är det beslutet om utträde inte så konstigt.

Även USA berördes när en Trump valdes till president mot alla odds. Det skrevs spaltmetrar med teorier om hur det kunde inträffa. Den enkla sanningen är att både inom EU området och i USA har samma grupp av politiker haft makten så länge att de bildat en "maktelit" som slutat lyssna på folk och i stället försökt manipulera dem för att få genom sina agendor. Det har fungerat länge genom att de kunnat styra press och TV. Men nu har genomslaget av information på nätet, som politikerna inte kan styra, gjort att medborgarna inser att andra har samma åsikt som de, men att "makteliten" struntar i det.

I de mätningar som gjordes kunde man se att de etablerade partierna gick kräftgång i opinionsmätningarna. Det enda parti som hela tiden fick högre väljarsiffror var SD som av alla andra etablerade partier kallades för ett populistiskt parti med ett nazistiskt förflutet. För att förbättra siffrorna vid mätningarna valde de etablerade partierna anammade de förslag som SD kommit med tidigare, och som då varit hårt kritiserade av alla andra partier. Men det visade sig at de varit för sent ute, människor hade börjat inse att de etablerade partierna endast kunde leverera lögner och i själva verket struntade i medborgarna. När det endast var två hundra dagar kvar till nästa val insåg statsministern att han måste göra något drastiskt för att vända utvecklingen.

Kapitel 2

Det hela började med att stadsminister Sten Lövner skickade en e-post till partiledarna i Miljöpartiet, Moderaterna, Centerpartiet och Liberalerna. Det stod endast " Jag har bokat konferensrum A1 till klockan 20:00, det är inofficiellt men mycket viktigt, bekräfta att ni kan komma". Det hade varit debatt i riksdagen den dagen och samtliga partiledarna var på plats i riksdagshuset och kunde komma. De som var kallade blev naturligtvis nyfikna. Inofficiella möten var väldigt ovanligt och att just de blivit kallade verkade underligt.

De som samlades i konferensrum A1 var en brokig skara, med olika bakgrunder. Sten Lövner var före detta svetsare och fackpamp, han såg tuff ut men skenet bedrog. Anledningen till att han gjort karriär i facket berodde antaglig en på att han var bättre på att prata än på att svetsa. Ann Bata hade kvoterats in då Fredrick Rangfeldt avgick och hennes främsta merit var att hon var kvinna och varit med i partiet länge. Centerpartiets partiledare hette Ann Loof och de meriter som fört henne till partiledarposten var en gåta för alla som kände henne. Slutligen var det en udda fågel med som hette Gunvar Frigolin, han var numera enda språkröret för Miljöpartiet. Från början hade det varit två språkrör men olika skandaler med kontakter med islamister, hade tvingat två språkrör att avgå sedan valet. Anledningen att inte ytterligare språkrör valdes var antagligen att de inte hittat någon som inte hade något lik i garderoben. Partiet var sedan länge nere under fyra procent så det var inte så många att välja på.

När alla slagit sig ner delade Sten ut två blad till var och en av dem och sade: "Läs båda bladen så skall jag berätta varför jag vill att vi träffas här". Då de läst färdigt tog han till orda: "Som ni ser är det ena bladet den officiella opinionsmätningen som ni säkert redan läst förut och som redovisas i pressen." Sedan fortsatte han: "Den andra är en mätning som Aftonpressen gjort och som finns i den tidningen och på nätet. Skillnaden mellan de här mätningarna är som ni ser stor, i vår mätning har Sverigedemokraterna 21% och i Aftonpressens mätning har SD 39%. Tyvärr tror jag mer på den mätningen än på våran." "Hur kan det bli så?" Undrade Anna och såg förvirrad ut." Det är det vi skall diskutera nu," sade Sten och lade pappren på bordet." Ni undrar säkert varför just ni har blivit kallade och inte de andra partiledarna, utom Jim förstås. Det beror på att tre av oss representerar partier som normalt ligger över 20 % och vi har mest att förlora på detta valresultatet. Du Frigolin är med för att ert parti är det som tappat mest och jag litar på att också du är motiverad att ändra på de här siffrorna," sade han och höll upp pappret. Det blev en stunds fri diskussion runt bordet sedan sade Bata." Kan vi på något sätt påverka så att SD tappar väljare, inom lagens råmärke förstås." Sten nickade och sade; "Det är våran plikt att stoppa ett parti med rötter i nazismen från att ta makten. Jag har granskat när siffrorna började stiga för SD och det sammanfaller med när Aftonpressen slutade ta emot presstöd och naturligtvis har attentaten också påverkat. Då det gäller Aftonpressen, är det tidningens redaktör Emanuel Bergkvist som är den drivande kraften, och vi måste få bort honom på något sätt." Medan de andra nickade instämmande undrade Frigolin hur det skulle gå till. "Jag har tänkt att vi skulle låta någon civilspanare noggrant undersöka hanns bakgrund, de flesta har något att dölja och det skall vi rota fram," sade Sten. Det blev tyst och de tittade på varandra, sedan sade Anna: "Är det lagligt att skicka utredare på dem man vill ha bort?" Sten ryckte på axlarna och sade" Har du något bättre förslag", ny tystnad. "Jag tolkar det som att vi är överens om att det är enda sättet vi kan agera på", sade Sten och de andra nickade tveksamt. Bra sade Sten då tar jag hand om alla detaljer och vi skall alla glömma det här samtalet, jag behöver väl inte påpeka att absolut inget som sagts här får läcka ut.

När Sten sade att han skulle ta hand om alla detaljer innebar det att hans sekreterare fick leda det projektet. Sten ville inte att hans namn kunde dyka upp vid en utredning, en sekreterare är bra att skylla på om något går fel. Sekreteraren som hette Börje Engman blev lite förvånad då han fick uppdraget, visserligen var det en stor del av hans jobb att sopa igen spår efter de värsta klavertrampen som hans chef gjorde. Men att börja spana på en civilperson var ovanligt. Han visste inte

på rak arm någon lämplig utredare som han kunde an-
lita, det var viktigt att inget läckte ut. Men han ringde
runt till de olika kontakter han hade och fick slutligen
ett tips om en f.d polis som hette Tommy Lind.

Kapitel 3

Börje Engman ringde Tommy och frågade om han var intresserad av ett jobb som var lite känsligt, så han ville att de skulle träffas och ta detaljerna muntligt. Tommy var intresserad och de bestämde sig för att träffas på ett café som båda kände till.

Tommy Lind, hade tidigare varit polischef på hög nivå. Att han slutade som polis berodde på att han varit inblandad i ekonomiska oegentligheter och fått valet att sluta på egen begäran eller få sparken. Fördelen med honom var att han hade kontakter både i polishuset och bland de kriminella. Tommy var en fetlagd sextioåring som inte såg ut som den bilden man har av en detektiv. Han var mycket anlitad för jobb som låg i gråzonen och han skötte en stor del av jobbet från sitt kontor där han ringde och hämtade in upplysningar från olika dataregister, inte minst polisens register. Om det behövdes mer handgripliga ingripande hade han kontakter i den undre värden som mot en rimlig ersättning kunde utföra sådana jobb. Tommy var känd för att ta bra betalt och aldrig avslöja uppdragsgivaren. Därför var hans kunder ofta politiker.

Att kontrollera Bengtssons bakgrund var ett relativt enkelt utredningsjobb, redan efter en vecka hade han gått genom polisregistret, pratat med hans tidigare arbetsgivare och kontrollerat hans bankkonto för att se om det förekommit några ljusskygga transaktioner. Genom en kontakt på skatteverket kunde han också kontrollera om det fanns några skatteskulder. Bolagsregistret var också intressant om redaktören hade något företag registrerat kunde det handla om transaktioner och eventuella mutor. I rutinerna ingick också en kontroll om det fanns något skumt på nätet typ pedofilverksamhet. Den delen av utredningen sköttes av en ung hackets som Tommy anlitade. När utredningen var klar skrev han ut den och postade den, tillsammans med fakturan till Stens sekreterares privata bostadsadress. Av naturliga skäl ville han inte använda e-post när han kommunicerade med kunderna.

När Sten fått rapporten kallade han till ett nytt möte med de berörda partiledarna. När alla var samlade delade han ut kopior på utredningen till alla och bad att de skulle läsa genom den innan de diskuterade vad som skulle göras. Utredningen var på fyra sidor så det tog några minuter. När alla var klara sade Sten, "Det är fan i mej första gången jag träffat någon som är absolut prickfri. Inga skattebrott inte ens några trafikböter, han finns inte i några register och hans tidigare kollegor har bara gott att säga om honom." Det var tyst några sekunder sedan sade Bata." Det innebär inte att han är helt prickfri, det tyder snarare på att han är mycket listig och inte har hamnat i något register," där talade hon antagligen av egen erfarenhet. De andra nickade och Sten sade " Hur går vi vidare?"

Det blev en stunds diskussion men det kom inga konstruktiva förslag. Plötsligt sade Frigolin med ett osäkert leende: "På amerikanska filmer brukar polisen plantera bevismaterial för att fälla sådana de vet är skurkar". "Vi vet att han i grunden är en fascist, så det skulle vi kunna göra" sade Anna med ett listigt leende. "Det är ett stort steg att ta, men om vi skall kunna stoppa ett i grunden nazistiskt parti måste vi tillgripa samma metoder som jag vet de skulle använda, därför röstar jag för att vi gör det" sade Sten, är alla med på det? De nickade tveksamt. "Bra" sade Sten, "då skall vi titta på hur vi kan genomföra det praktiskt så vi inte blir inblandade. Är det någon som har ett förslag?" Mötesdeltagarna tittade på varandra och det var tyst en stund sedan sade Frigolin" Kan vi inte lägga ut något på nätet, att han är köpt av SD eller knarkar eller något sådant." "Att smutskasta någon på nätet ger inte någon effekt, det står redan så mycket skit om alla politiker så ingen skulle reagera," sade Dan Björkman som för första gången sade något. "Att säga att han är köpt av SD är att ingen nyhet sade Sten, men det där med knark brukar gå hem." Frågan är bara hur vi skall få polisen att börja granska honom och hur vi skall "plantera" knark på honom sade Bata. "Kan vi inte låta poliserna lägga knark i hans fickor när de griper honom, det är deras jobb att göra som vi säger", sade Anna Loof. "Jag litar inte på poliserna nu när Eliasson fått sparken" sade Dan. Alla funderade en stund sedan sade Sten, "Vi är inga brottslingar vi vet inte hur man bäst misstänkliggör någon men jag vet att det finns sådana som kan sådant. Han som skrivit rapporten, Tommy Lind vet säkert hur man skall göra. Det är viktigt att ingen av oss blir inblandad så jag skall låta min sekreterare ta hand

om det här också." Mötet avslutades och de delta-
garna lämnade snabbt konferensrummet med en olus-
tig känsla. Kunde det här spåra ur så de blev inblan-
dade? Men det borde vara Sten som hade mest anled-
ning till oro.

Kapitel 4

Tommy blev glad över det nya uppdraget, det var lite över det vanliga och han skulle kunna få bra betalt för det. Han förstod att den verkliga uppdragsgivaren var statsministern och eventuellt några andra partiledare. Det kändes som om han kommit upp i smöret när han arbetade åt landets ledare. Stens sekreterare hette Börje Engman, han var i trettioårsåldern och hade sina rötter i socialdemokraternas ungdomsförbund, det var han som var Tommys kontaktman.

Uppdraget lämnades givetvis endast muntligt och de hade en diskussion om vilken typ av brott som var lämpligt att belasta Emanuel med för att vara säker på att han skulle få sparken. Tommy, som var fackmannen, ansåg att pedofilbilder i datorn var ett säkert kort och förhållandevis enkelt. Men för att vara på den säkra sidan borde man gardera med något knarkrelaterat brott. "Det är viktigt att polisen får en anledning att titta i hans dator", sade Tommy. "Du har fria händer, det är du som är proffs, jag vill inte veta några detaljer" sade Börje och lämnade caféet som de träffats på.

Tack vare att han redan hade gjort en utredning på Emanuel hade Tommy redan många uppgifter som underlättade det fortsatta arbetet. Han började med att låta skugga honom några dagar så att han fick en bild av hur han rörde sig, hur han reste till och från jobbet, vilka tider han kom och lämnade hemmet och var han hade sitt arbetsrum. Sedan kontaktade han sin hacker och berättade vad han ville ha "inplanterat" i datorn med den angivna ip adressen. Det var viktigt att bilderna inte gick att spåra och han skulle vänta med att plantera bilderna till han fick klartecken av Tommy. Hackaren såg inga problem med det, men han ville ha någon dag på sig för att göra själva jobbet.

Nu gällde det att hitta på ett sätt att få Emanuel misstänkt för narkotikabrott. Tommy bläddrade i utredningen och tittade på rapporten som han fått från den som utfört skuggningen. Aftonpressens kontor låg på Kungsholmen och Emanuel bodde i en villa i Bromma. Varje dag åkte han med tunnelbana mellan bostaden och arbetet. Det verkade som han var väldigt punktlig. Han lämnade hemmet kl. 08:00 och var på jobbet 08:40. Hemresan påbörjades 16:30 och han var hemma 17:10. Men av skuggningsrapporten framgick att på fredagen hade han lämnat arbetet kl.: 15: 30 och enligt rapporten gått, med några arbetskollegor, till en närliggande pub som hette Valvet. Där hade han varit till 17:00 då han åkt hem med tunnelbana. Tommy funderade. Det var ett vanligt beteende när man jobbade, man gick och tog ett glas med jobbarkompisarna på fredagen. Han hade själv gjort det när han arbetade i polishuset. Frågan var bara om det var en tillfällighet eller en vana. Han beslöt sig för att gå till Valvet på fredag och kontrollera det.

Påföljande fredag var Tommy på plats i Valvet kvart över tre och han beställde en öl och en skål nötter och satte sig så han hade överblick över lokalen. Han kunde konstatera att Emanuel inte var där. En fördel med puben var att det var mycket folk där och det var lätt att försvinna i mängden. Tjugo i fyra kom en grupp på fyra man och Emanuel var en av dem. Emanuel var lätt att skilja från de andra, han var äldre och elegantare klädd. De slog sig ner vid ett bord och hämtade öl vid bardisken, det verkade som om de kände bartendern. De pratade med honom medan han fyllde glasen. Det var tydligt att de var stamgäster där. Tommy satt kvar till sällskapet lämnade puben vid femtiden. Emanuel hade då tagit två öl, de andra i gruppen hade tagit ungefär lika mycket. Ölen hämtade de själva vid bardisken och det verkade som de hade kredit för bartendern noterade bara på en lista då de hämtade ölen, ingen verkade betala. Nu hade Tommy sin plan klar, han tog ytterligare en öl innan han gick ut och tog en taxi hem. Ölen och taxin sätter jag upp på fakturan som omkostnader tänkte han förnöjt.

Nu var det en del saker han måste ordna. Han hade arbetat vid narkotikapolisen en tid så han var ganska uppdaterad på hur de olika preparaten fungerade. Men det var länge sedan så det hade säkert kommit nya droger som han inte kände till. Därför ringde han en langare som han kände och förklarade vad han ville ha för effekt på drogen och att det skulle blandas i öl. Efter en stunds diskussion kom de fram till vad han

skulle ha och Tommy skulle kunna hämta det dagen
därpå.

Kapitel 5

Följande fredag var Tommy på plats i puben Valvet
kvart över tre. Han konstaterade att det var mycket folk
även denna eftermiddag och det passade hans syfte.
Han slog sig ner på samma plats där han suttit förra
gången och beställde en öl. Han tittade sig omkring för
att se om han var iakttagen och när det inte verkade
så hällde en liten påses hela innehåll i ölet. Emanuel
med följe kom punktligt kvart i fyra, hämtade sina öl vid
bardisken och slog sig sedan ner vid ett bord i när-
heten av privatspanaren. För att inte bli igenkänd låt-
sades han läsa en tidning samtidigt som han noggrant
kontrollerade hur mycket Emanuel hade kvar i glaset.
När glaset nästan var tomt gick Tommy fram till bardis-
ken där de hämtade sina öl, i handen hade han sin
preparerade öl som han inte druckit ur. Han hade bara
hunnit fram när Emanuel kom fram till bardisken och
ställde sig bredvid Tommy, med det tomma ölglaset i
handen. Tommy vände sig mot honom och sken upp.
"Är det inte Aftonpressens redaktör i egen hög person"
sade han och tillade "du skall veta att jag är en trogen
läsare av den enda fria pressen vi har i det här landet".
Emanuel var lite smickrad av att vara igenkänd och
sade; "Jobbar du i samma bransch". "Ja", svarade
Tommy. "Jag är journalist på Nya Värmlandstidningen i
Karlstad och har varit här på ett jobb." Sedan gav han
Emanuel ölen med orden: "Låt mig bjuda på en öl",

och vände sig till bartendern och beställde en till. Inte behöver du bjuda på öl sade Sten men han tog glaset. De småpratade en stund sedan sade Emanuel "Grabbarna undrar nog var jag tagit vägen" de skakade hand och Emanuel gick till sitt bord. Tommy drack upp halva ölen och gick ut och ställde sig en bit bort där han hade uppsikt över ingången till puben. Medan han väntade passade han på att ringa hackaren och säga till honom att han skulle plantera pedofilbilderna i redaktörens dator.

Efter ungefär en kvart kom Emanuel ut genom dörren, han var ensam de andra hade tydligen bestämt sig för att stanna kvar. Han började gå mot närmaste tunnelbanestation som var Fridhemsplan och Tommy följde efter på betryggande avstånd. Efter en stund såg han att Emanuel tog några snedsteg, det var tydligt att drogen började verka. Tommy tog på en keps som han hade i fickan och gick upp bakom Emanuel, när han åter tog ett snedsteg tog Tommy tag i hans arm och frågade "Hur är det?" Emanuel tittade på honom med dimmig blick. "Jag är lite yr" sade han. Tommy klappade honom på axeln och stoppade en liten påse kokain i hans ficka, sedan erbjöd han sig att ringa efter en taxi? "Det är ok nu sade Emanuel" och Tommy gick snabbt in på en tvärgata och väntade på att kunna fortsätta att skugga honom. Det var bara ett kvarter från Fridhemsplan och Tommy fortsatte att skugga honom fram till T- banenedgången. Han vinglade nu och gav intryck av att vara kraftigt berusad. Som genom ett under klarade han att ta sig genom spärren men när han klev på rulltrappan tappade han helt balansen och ramlade framlänges och blev liggande orörlig med blodet rinnande från ett stort sår i pannan. Ett par som stod längre ner i trappan blev först förskräckta, sedan sprang upp och hjälpte honom så att han kom av rulltrappan när han kom ner. De lade honom på perrongen och någon lade något under hans huvud samtidigt som andra ringde efter ambulans och polis. Men när han kom till sjukhuset kunde de endast konstatera att han avlidit.

 Tommy stod kvar på den övre perrongen och följde intresserat vad som hände, det hade nu samlats mycket folk runt Emanuel som fortfarande inte visade något livstecken. Han tog fram mobiltelefonen och började ringa runt till de olika tidningarna. "Aftonpressens redaktör Emanuel Bergkvist har råkat ut för en olycka på Fridhemsplan" sade han och knäppte av samtalet.

"Olyckan" i tunnelbanan fick stora rubriker i alla tidningar. När det läckte ut att han varit drogad tog ryktesfloran fart, teorier om att han varit inblandad i knarkaffärer och när pedofilbilderna hittades i redaktörens dator blev ryktesspridningen ändå större. För polisen var det hela verkligen underligt, de kunde inte hitta något i redaktörens bakgrund som pekade på att han hade något att dölja. En teori var att han blivit förväxlad med någon annan och alltså förgiftats av misstag. Eftersom Emanuel Bergkvist var en känd profil i tidningsbranschen så var det naturligt för de flesta tidningar att skriva eftermälen om honom. Han målades upp som en journalist som börjat från botten i en liten landsortstidning och arbetat sig upp till redaktör för en av de största tidningarna i Sverige. Hans drivkraft hade varit viljan att avslöja maktelitens skumraskaffärer. Det hade naturligtvis skaffat honom många fiender och det gjordes till och med antydningar att det kunde vara motivet till hans död.

Men i grund och botten var de glada att han lämnat arenan, han hade den sista tiden tagit för stor plats och många läsare hade lämnat de etablerade tidningarna för att gå över till Aftonpressen som ansågs vara den enda fria tidningen. Naturligtvis hade han också många vänner och en familj som sörjde honom.

Alla som kände honom var övertygade om att han inte hade några fiender som kunde var ute efter att skada honom. Han hade varit en stridbar journalist som trampat många på tårna, men privat hade han snarare varit en omtyckt sällskapsmänniska. Det gjorde att det fanns misstankar om att det var ett politiskt motiv till hans död. Aftonpressen var naturligtvis de som drev den linjen hårdast. Men när en ny chefredaktör, som tidigare suttit i styrelsen, tillträdde försökte han lägga locket på för han ville inte att tidningen skulle vara ett språkrör för SD. Visserligen hade de ett avtal med SD om en stående prenumeration av en helsida i tidningen i varje nummer mot att de inte tog något presstöd utan arbetade som fri tidning. Men det hindrade inte den nya redaktören från att styra tidningen på ett sätt som Bergkvist aldrig gjort. När avtalet med SD löpte ut tänkte han ställa sig i ledet för att få presstöd, så det var lika bra att visa lite god vilja redan nu. Anledningen till sitt agerande var naturligtvis att han räknade sig själv som en del av makteliten och att han kände sig mobbad av andra tidningsredaktörer som kom med kommentarer som "nazisttidning" och liknande.

Kapitel 6

Polisens spaningsledare Tore From hade svårt att hitta något spår som förde utredningen framåt. Ett vanligt sätt att hitta spår är via mobiltelefonen och de lyckades få fram alla samtal som ringts och mottagits det senaste halvåret. Det var ett hästjobb, för Emanuel hade varit en flitig mobilanvändare. Men de kunde inte hitta något som avvek från vad som är normalt för en person med hans jobb. Tores erfarenhet från liknande utredningar var att lösningen fanns i motivet därför kontrollerades också redaktörens bankkonto men inte heller där fanns något som stack ut. Att han stod på god fot med SD var ingen hemlighet, men knappast en anledning till att bli mördad.

De som varit med honom på puben hade naturligtvis chans att lägga någon drog i ölen, så deras bakgrund kontrollerades noggrant. En av dem hade tydligen problem med ett spelberoende, men han hade inte haft någon chans att försnilla tidningens pengar. Kunde det möjligen varit så att han lånat pengar av redaktören och inte kunde betala tillbaka? Men förhör med redaktörens fru och den anställde, med spelberoende, pekade inte på att de umgåtts privat, så Tore avfärdade det spåret. Han började mer och mer luta åt att det var ett politiskt mord. Alla politiska partier utom SD hade intresse av att han försvann. Men att de skulle gå så långt som till mord verkade otroligt. Möjligen kunde det ha inträffat en olycka när de försökt manipulera fram något som skulle kunna ge honom sparken från tjänsten som chefredaktör för Aftonpressen. Om de ledande politikerna på något sätt var inblandade i mordet så hade de möjlighet att mörka det på ett helt annat sätt än vanliga brottslingar.

Sten Lövner var röd i ansiktet av ilska när han klev in på sekreteraren Björn Engmans kontor. I handen höll han Expressen och rubriken var "TIDNINGSREDAKTÖR DÖD UNDER MYSTISKA OMSTÄNDIGHETER I TUNNELBANAN." Vad fan skall det här betyda sade han och pekade på tidningen. Björn såg ut som en strykrädd hund och mumlade; "När jag pratade med Tommy nämnde han inget om det här, det måste vara en olyckshändelse". "Tyst" skrek Sten." Jag vill inte höra något om det som hänt. Om det kommer fram att han var förgiftad så är det ditt problem, ingen kommer att tro dig om du skyller på mig och jag kommer att förneka all kännedom om det som hänt. Jag gå nu och jag vill inte höra mer om det här." Med de orden lämnade Sten Björns kontor och slog igen dörren. Björn kände ilskan och vanmakten välla upp, först får han order att utföra en kriminell handling. Sedan gör statsministern honom ansvarig när det går snett. Borde han inte gå till polisen och berätta vad han visste? Men han var själv så inblandad att han skulle vara den första som arresterades. Nästa fråga var om han kunde han lita på polisen eller var de också styrda av politikerna? Han beslutade sig för att avvakta och se vad som hände.

Senare samma dag när de sammansvurna partile-
darna var samlade var det en tryckt stämning och Sten
vankade fram och tillbaka i rummet. "Vad var det
egentligen som hände?" Sade Bata. Sten rykte på ax-
larna och mumlade "Något gick snett, inte fan vet jag".
"Kan vi inte bara säga till rikspolisens chef att lägga
ner utredningen?" undrade Frigolin. "Om Dan Eliasson
suttit kvar hade vi kunnat göra det," sade Sten "Men
den nya Arvid Lindström litar jag inte på." Anna Loof
som suttit tyst tog till orda, "Det är väl bara att göra
som vanligt, vänta till det blåser över för vad jag för-
stått kan ingen spåra det till oss." De andra nickade
och Sten sade "Inget ont utan att det har något gott
med sig. Nu är Aftonpressen förhoppningsvis satt ur
spel." Kan vi på något sätt påverka vem som blir ny
chefredaktör på Aftonpressen", undrade Björkman.
"Jag känner en som sitter i tidningens styrelse" sade
Sten "Jag skall prata med honom."

*

Den nytillsatta Rikspolischefen Arvid Lindström hade
ersatt Dan Eliasson, som fått lämna jobbet på grund av
inkompetens. Dans inkompetens hade tolererats länge
för han var tillsatt på politisk väg, men när poliserna på
fältet gjorde maskningsaktioner och inte ingrep vid de-
monstrationer kände politikerna sig personligt hotade
så han fick sparken. När Dan anställdes hade många
seriösa poliser reagerat mot att en utomstående med
rötter från invandrarverket, där han också misslyckats,
skulle ta över en verksamhet som han inte begrep nå-
got om. Resultatet blev också katastrofalt och många

duktiga poliser lämnade yrket. Hans mantra var att den nya organisationen måste sätta sig. Det gjorde den också och antalet brott som inte klarades upp steg hela tiden.

Arvid var Dans motsatt, en kompetent polis som gått den långa vägen. Genom att först gjort militärtjänst som stamunderbefäl hade han kommit in på polishögskolan, på den tiden var det inte lätt att komma in där, han lämnade skolan med goda vitsord sedan hade hans väg mott toppen i polis hiraki börjat. Men den hade inte varit spikrak. Först hade han varit patrullerande men när patrullerande poliser ersattes med bilburna blev han omplacerad och efter hand hamnade han i en ledningsgrupp, det var då hans karriär tog fart. Han var i femtioårsåldern, storväxt och utstrålade pondus. När han pratade lyssnade folk. Det första han fått göra som nytillsatt polischef var att stoppa den vansinniga omorganisation som Dan påbörjat, att återställa organisationen så att den fungerade skulle ta flera år. Han sparkade också de flesta anställda som Dan tillsatt. Anledningen var att de helt enkelt inte gjorde någon nytta. Deras merit var ofta att de var bekanta till Dan som fått uppdrag som "översyn av organisationen" eller "motivationskurser" Arvid ansåg att de inte tillförde något. Däremot orsakade de mycket irritation i organisationen. Det som han behövde var fler poliser och han började med att kontakta de som slutat den senaste tiden. Genom att ge de duktigaste poliserna cheftjänster kunde han erbjuda dem högre lön. En del

kom tillbaka ändå, ofta var anledningen att Dan Elias-
son slutat. Alla partierna var nu eniga om att det be-
hövdes fler poliser och de överglänste varandra med
antalet poliser de skulle ha, bara de fick makten. Ha-
ken var bara att det fanns endast ett visst antal platser
på polishögskolan och de var inte ens fyllda, den sit-
tande regeringen hade lyckats förvandla det till ett låg-
statusyrke. Oavsett vilka åtgärder de vidtog skulle det
ta minst tre år innan det resulterade i fler poliser. För
att tillfälligt fylla de vakanta luckorna fick icke utbildad
eller snabbutbildad personal anställas och utföra ar-
bete på polisstationer och i häkte, på så sätt frigjordes
utbildade poliser till arbete på fältet. Visserligen kla-
gade facket på den nya ordningen men när medlem-
marna var nöjda med den nya situationen tystnade de.
En utlovad löneökning vid nästa löneförhandling inver-
kade säkert på det beslutet.

 Nu hade Arvid fått den första rapporten från utred-
ningen om Emanuel Bergkvists död. Han läste den
noggrant och ringde efter spaningsledaren som skrivit
rapporten och bad honom komma till hans rum. När
han kom hämtade Arvid två koppar kaffe och bad ho-
nom slå sig ner. Det är något konstigt med det här
sade Arvid och nickade mot rapporten, spaningsleda-
ren nickade. Arvid fortsatte, killen är helt prickfri, han
går ut med jobbarkompisarna och tar en öl och en
halvtimme efter att de skilts dör han av en överdos i
tunnelbanan. Han har kokain i fickan men den sub-
stans han har i blodet är inte kokain utan verkar vara
heroin av dålig kvalite'. När ni gör undersökningen och

kollar hans dator hittar ni barnporrbilder, men inget annat som tyder på någon kriminell verksamhet.

Kapitel 7

Spaningsledaren instämmer och tillägger;" Jag har fått
intrycket av att någon lagt drogen i hans öl. Vi har kol-
lat de som var med på puben men vi kan inte finna nå-
got motiv hos någon av dem. Tvärt om verkar Emanuel
ha varit mycket omtyckt av personalen på tidningen.
Men både bartendern och hans arbetskollegor såg att
han pratade med någon bekant när han hämtade en
öl. Jag personligen tror att det var då han fick någon
drog i ölet." De satt tysta en stund och begrundade vad
som sagts, sedan sade Arvid "Det har varit mycket
skriverier om det här och jag kommer att ha en press-
konferens där jag inte kan säga annat än att utred-
ningen pågår och att vi inte utesluter att det kan röra
sig om mord. Men jag vill att du skall veta att det här
kan ha förgreningar som vi inte anar så ni skall göra
allt som står i er makt för att lösa det. Som du säkert
vet var Aftonpressen i praktiken SD s språkrör, så det
kan finnas politiska kopplingar." "Om de var SD s
språkrör kan det knappast vara SD som utfört mordet"
sade Spaningsledaren." Det ligger i alla andra partiers
intresse att tysta SD s språkrör menade polischefen,
det är det jag menar med förgreningar i den politiska
toppen. Om vi hittar något som pekar mot att någon
politiker är inblandad skall du inte tveka utan gå vidare
för du har mitt fulla stöd att vidta de åtgärder du anser
vara nödvändiga avslutade Arvid.

Tore gjorde nu något som var väldigt ovanligt, han gjorde en lista över de politiker som skulle förlora mest på att SD vann valet. Överst på den listan hamnade faktiskt statsministern. Därefter kom partiledarna Frigolin och Bata som tvåa och trea. Han började sedan granska dem i tur och ordning. Statsministern hade tidigare varit ombud för en fackförening och det var det enda han visste om honom. Han gick igenom alla tillgängliga register och fan att ekonomin inte var den bästa, Sten hade tydligen levt över sina tillgångar och flera gånger fått mycket restskatt. Ett antal betalanmärkningar var också noterade och han hade tydligen gripits för fylleri i sin ungdom. Ett stort antal felparkeringar och fortkörningar var också registrerade på honom. Men det fanns inte så mycket att ta på. Det som var lite märkligt var att han tydligen haft aktiva nazister i släkten. Var det inte han som kallade Jim för nazist? Han fortsatte att gräva men kunde inte hitta något konkret som pekade på att han var skyldiga.

Bata var gift med en komiker, men han kunde inte se något komiskt i deras ekonomi. Betalningsanmärkningar och stora skulder gjorde att hon var i behov av pengar. Men vem var inte det? Däremot var hon, om man bortsåg från några parkeringsböter, inte registrerad för något brott. Komiken som hon var gift med hade tydligen skämtat när han uppgav sin inkomst, vilket resulterade i skön taxering. Det bör ha saboterat deras ekonomi för två år sedan.

Frigolin var den som var svårast att få grepp om, han hade bytt jobb hela tiden och haft en påfallande låg lön med tanke på den bostad han bodde i. Han hade också två bilar som säkert kostade en halv miljon var. Utöver det hade han en sommarstuga i skärgården och en stor motorbåt. Hans fru arbetade som sekreterare i miljöpartiet och borde inte tjäna så mycket. Det fanns också några vilande bolag skrivna på honom, de hade tydligen varit konsultfirmor i miljöbranschen. Men de hade inte noterats för någon inkomst de senaste åren. Hans ekonomi var skum, men det fanns ändå inget direkt motiv för honom heller.

Det fanns också en annan infallsvinkel. Om mordet var politiskt behövde det inte handla om svenska politiker. Det kunde vara en främmande makt som ville hindra att SD fick för stort inflytande. Nu var den delen inte hans bord men det borde utredas av de som arbetade med det. För att vara på den säkra sidan kontaktade spaningsledaren Arvid och berättade om sina farhågor och frågade om det var OK att koppla in Säpo. Arvid funderade en stund och sedan sade han att det nog var lämpligt. Men ge dem inte hela historien utan fråga bara om de känner till någon hotbild mot redaktören. Om det gör det vilka är de inblandade. Vill de ha mer information måste de kontakta mig.

Tore kontaktade Säpo och blev kopplad till en handläggare. Han ville inte dra ärendet på telefon så de beslöt att Tore skull träffa Säpos handläggare, Jan Nordman, på hans kontor. Tore blev förvånad när han kom till handläggarens kontor för han hade förväntat sig en agent i strikt kostym men Jan var en trettioåring i slitna jeans och kortärmad tröja. Hans arbetsbord såg ut som om han tömt papperskorgen över det. När han berättat vad han ville ha reda på satt Jan tyst en stund. Sedan sade han att de faktiskt på byrån varit inne på samma linje och de som låg närmast till hands var naturligtvis ryssarna men han skulle göra en utredning och skicka den till honom.

Några dagar senare fick Tore rapporten så han misstänkte att den mesta delen av utredningen redan varit klar när han var där. Det som stack ut mest i rapporten var att ryssarna tydligen arbetat med att svartmåla SD via sina nättroll en längre tid. Det gjorde att det fanns anledning att misstänka att de, genom att oskadliggöra Aftonpressen, ville stoppa SD. Det märkliga var att underrättelsetjänsten tydligen visste vad som pågick utan att ingripa eller gå ut med information om det. De har fått direktiv av statsministern att mörka det tänkte Tore. En annan sak som pekade på ryssarna var att det hade kommit in anmälningar om att personal på ryska ambassaden ställt frågor om den pågående utredningen till sådana som Tore antog var dubbelagenter. Sammantaget gjorde det att ryssarna var misstänkta men att inga bevis fanns.

Kapitel 8

Spaningsledaren blev uppmuntrad av att ha stöd av rikspolischefen och han hade redan en ide om hur han skulle gå vidare med utredningen. Det enda konkreta spår de hade var kokainet som påträffats i fickan på den döda, och han beslöt att börja där. Kokain på gatan består inte endast av det narkotiska preparatet utan det finns nästan lika mycket tillsatser som langarna blandar i för att dryga ut det och på så sätt få större vinst. Men utöver det finns det ett otal föroreningar som inte medvetet är inblandade. Faktum är att man genom kemisk analys kan säga från vilket land narkotikan kommer. Nu beslöt spaningsledaren att göra en mycket noggrann analys av preparatet, man skulle kunna säga att man fick fram ett DNA på narkotikan. När man hade det kunde man göra samma kontroll på beslagtagen narkotika. Hittade man rätt "DNA" kunde man sedan pressa ägaren till narkotikan så han sade vilken leverantör han köpt det av, så skulle de få fram ett namn på leverantören. Det var en dyr och tidskrävande metod, det innebar att alla beslag skulle analyseras och resultatet skulle granskas. Men efter samtalet med Arvid ansåg spaningsledaren att han hade tillstånd att gå vidare.

Det sker många tillslag varje dygn. Det handlar om tips och razzior som beordrats för att span har indikeringar

på försäljning av narkotiska preparat. Ofta kan ett till-
slag generera tio tjugo fynd av misstänkta droger. Utö-
ver det blir alla som grips för andra brott som stöld
misshandel och rattonykterhet visiterade och då påträf-
fas ofta narkotika om inte förövaren har hunnit göra sig
av med det före gripandet. Det gör att polisen får in
tjugo kanske trettio olika preparat på ett dygn som nu
skulle analyseras noggrant. Det var ett extra arbete
som gjorde att det blev förseningar. För labbet som
skulle utföra analyserna hann helt enkelt inte med. Det
i sin tur gjorde att hela utredningen försenades.

Tommy gick rastlöst fram och tillbaka på sitt kontor,
datorn stod på och han följde nyheterna om Emanuels
död. Att det hela skulle ta den här vändningen hade
han inte räknat med i sina vildaste fantasier. Hela op-
erationen hade gått åt helvete. Tanken var att Ema-
nuel skulle slockna och hämtas av polisen. När de se-
dan visiterade honom skulle de hitta knark och göra en
undersökning som skulle leda till att barnporren hitta-
des i hans dator. Men nu hade det plötsligt blivit mord
och det var den förbannade langarens fel. Han hade
själv varit polis så många år att han visste att mord är
inget som prioriteras bort som inbrott och bedrägeri.
Polisen skulle säkert vända på varje sten för att hitta
den skyldige. Det som oroade honom mest var hur
politikerna skulle reagera. Om de pekade ut honom
skulle han ange dem som "beställare" och då skulle
deras nya bostad bli en cell på Hall, något som de sä-
kert var medvetna om själva. Att polisen skulle kunna
spåra honom var han inte särskilt orolig för. Det fanns

ingen bindning mellan honom och Emanuel och de skulle inte hitta några fingeravtryck eller DNA för ölglaset diskades naturligtvis då Emanuel gått. När han tänkte efter var situationen inte så hopplös, polisen skulle inte kunna binda honom till mordet och politikerna skulle aldrig avslöja honom. Det kunde till och med vara en fördel att ha en hållhake på dem i framtiden. Han beslöt att han skulle begära det avtalade arvodet av Engman men pengarna skulle betalas ut kontant och inget skulle dokumenteras, när det beslutet var taget kände han sig bättre till mods. Han kontaktade Engman och de bestämde att de skulle träffas på ett café där de varit förut.

Det blev inget trevligt möte. Engman berättade att han fått mycket skit av sin chef för att redaktören dött och att han visste inte om han skulle få pengarna från partiet om han betalade arvodet som Tommy begärde. Tommy blev röd i ansiktet av ilska: "Du visste vad som skulle ske men då hade du inga invändningar, när det sedan sker en olycka skyller du på mig och vägrar betala. Jag vet vem som är din chef och om vi inte kan komma överens kommer jag att gå direkt till honom." Det var ett argument som bet på Engman, han kunde mycket väl tänka sig vilken reaktion som skulle komma om Tommy kontaktade statsministern och begärde pengar för ett mord som utförts." Nej låt mig prata med honom först, han kommer att bli förbannad om du kontaktar honom. Jag kan förklara vad som hänt och då är det säkert inget problem att få fram pengarna. Han får under inga omständigheter bli inblandad", sade Engman.

Kapitel 9

Ett land som noggrant följde utvecklingen i Sverige var Ryssland, det kan verka konstigt att en så liten nation som Sverige kunde intressera deras ledare Putin så mycket. Men i hans stormaktsdrömmar var Skandinavien en viktig plats. Att Norge och Danmark var med i Nato var något som irriterade honom och hans mardröm var att Finland och Sverige också skulle gå med. Det skulle stoppa alla planer på expansion i det området. Han trodde att om Sverige gick med skulle Finland också göra det och det var ett mardröms scenarier. Han hade följt den politiska utvecklingen och det kaos som rådde i landet. Ryssland hade ett utbyggt spionnät i Sverige, en stor del av det fanns redan på Sovjettiden och det var ambassaden som var den naturliga knutpunkten för de spioner som under täcknamn arbetade i landet. Putin var nöjd med situationen i Sverige, med en svag minoritetsregering som inte hade andra ambitioner än att värna om sina egna intressen och var för handlingsförlamade för att ta ett beslut om Nato medlemskap. Att de under tjugo år avvecklat försvaret ansåg han vara rena bonusen. Putin kunde inte låta bli att skratta då han fick höra att Karlshamns kommun beslutat att tillåta lagringen av rör för gasledningen som Ryssland skulle bygga. Svenska staten och försvarsmakten hade sagt nej men kommunalpolitikerna hade gått mot det beslutet. Hur kan man styra ett land när inte ens de enskilda kommunerna bryr sig om vad staten beslutar? Han gjorde en notering att de skulle placera observatörer där. Men nu hade ett nytt hot seglat upp, Sverigedemokraterna skulle kunna vinna valet som skulle hållas om ett halvår. I deras agenda stod val om medlemskap i Nato och upprustning av försvaret och det var något som inte gynnade "storryssland". Det kaos som nu var i Sverige var exakt vad Putin ville ha, så han såg helst att Socialdemokraterna satt kvar en period till. Men som situationen såg ut nu var det knappast troligt att det skulle bli så. Det enklaste sättet att påverka valutgången var att smutskasta SD i en cyber attack, det fungerade vid det amerikanska valet så det borde fungera nu också.

Genom att aktivera "nättroll" i Ryssland och även sympatisörer i Sverige skulle de lägga ut desinformation om SD och deras partiledare på nätet. Det viktiga med sådana attacker var att de var samordnade, om tio olika källor påstod att SD skulle höja skatten för pensionärer så skulle många tro på det, hur mycket det än dementerades. Medierna som användes var i huvudsak Facebook och Twitter. Alla "trollen" på nätet hade fem sex konton under olika "präktiga" svenska namn. Ett exempel på hur kommunikationen kunde låta: Arvid Larsson skriver "Jag har hört att Jim fick sparken från sitt första jobb på grund av att han stal ur kassan, har någon annan hört samma sak? Eva Larsson svarar: " Jag har också hört det, han extrajobbade tydligen i en matvaruaffär." Nu kommer Ronny Bergman in: "Det stämmer, min farbror arbetade i samma affär och han berättade att stölden inte polisanmäldes utan Jim fick lämna tillbaka det han stulit och sedan fick han sparken." I själva verket är det samma nättroll som skriver de olika inläggen men under olika namn. Naturligtvis dementerade Jim de falska uppgifterna men det genererade bara hånfulla kommentarer från de andra partiledarna med tillmälen som att "äntligen har svenska folket fått upp ögonen för vad SD är för parti". När Jim vid ett tillfälle kunde bevisa att han varit på en annan plats än vad som angavs vid ett av påhoppen på honom blev det bara en liten notis i tidningen som ingen såg. Det är det som ger pressen så stor makt, de kan felaktigt peka ut någon för ett brott som de ej har begått, och sedan dementera det dagen efter i en liten notis som ingen ser.

Den sittande "makteliten" såg naturligtvis kampanjen mot SD med blida ögon, de fick information från FRA att det troligen rörde sig om en cyber attack från Ryssland men det tystades ner, i stället gick Sten ut med att; "svenska folket har fått upp ögonen för att SD i grunden är ett nazistparti." SRA är ett av maktelitens vassaste instrument. Genom att offentliggöra det som stödjer deras politik och påstående och hemligstämpla det som motsäger deras påstående kan de effektivt manipulera allmänheten och massmedia.

När kampanjen pågått några veckor började det ge resultat i opinionsmätningarna SD s siffror började sjunka och motsvarande stegring kunde man finna hos moderaterna och socialdemokraterna. SD stod maktlösa det hjälpte inte att dementera uppgifterna, i ett öppet brev anklagade Jim staten för att inte lägga korten på bordet och redovisa att det rörde sig om desinformation från främmande makt men statsministern brydde sig inte ens om att svara.

Kapitel 10

Aftonpressen fick en ny tillförordnad chefredaktör efter Emanuels död. Den nya redaktören hade tidigare suttit i tidningens styrelse och han hade inte samma driv-kraft som sin föregångare, han var visserligen tvungen att i viss mån följa avtalet som var skrivet mellan tidningen och SD. Men efter som han räknade sig till "makteliten" bromsade han många artiklar vilket naturligtvis retade journalisterna som var vana vid att äntligen kunna skriva sanningen i tidningen. Den nya redaktören hade också fått vissa påstötningar från "högre ort" att de inte skulle gynna SD, så han försökte styra nyheterna. En lång artikel, där en journalist plockat fram bevis på att Putin låg bakom kampanjen mot SD, fick inte tryckas i tidningen. Chefredaktören ansåg det för kontroversiellt och journalisten sade upp sig i protest. Chefredaktören ersatte då honom med en journalist som han kände, som hade en sann "humanistisk" syn och som tidigare arbetat på Damernas Värld. Den nya redaktören kom på kollisionskurs med sina medarbetare och flera journalister lämnade tidningen. Ett halvår senare fick den nya chefredaktören sparken men då var skadan redan skedd. Tidningens nya linje resulterade i att antalet läsare minskade och snart stod tidningen inför ett hot om nedläggning.

Utredningen om mordet på Emanuel Bergkvist hade kört fast, alla vittnen var förhörda och det enda som kommit fram var en otydlig beskrivning av mannen som han pratat med då han hämtade öl och den beskrivningen var så vag att den i stort sett kunde gälla vilken man som helst och var i sextioårsåldern och inte hade något handikapp. Det enda de hoppades på var att analysen på beslagtagen narkotika skulle stämma med den som påträffats på Emanuel.

Men efter två månaders väntan kom äntligen ett beslag som stämde med det "DNA" på den narkotika de hade. Det var vid en rutinmässig kontroll på en av "party båtarna" vid södermälarstrand. Ett tiotal personer blev gripna, en av dem en kvinna i tjugoårsåldern hade en liten påse i handväskan som hon inte hann kasta vid polisens tillslag. Hon var tidigare ostraffad och antagligen bara en "festknarkare". Hon hamnade i en cell och verkade hon helt förkrossad så det skulle säkert inte bli svårt att klämma ur henne sanningen.

Mycket riktigt redan efter tio minuters förhör berättade hon att kokainet sålts av "Bullen" som också varit med på festen på båten. Inte nog med det, hon kunde också peka ut honom i förbrytarregistret över knarklangare. Så långt var allt bra, men det skulle säkert bli betydligt svårare att få Bullen att erkänna var han fått kokainet från.

Bullen hade fått sitt öknamn för att en kvinnlig besökare hade haft med sig nybakade bullar då hon besökte honom i fängelset. Det enda felet var att det var kokain inuti bullarna och det upptäckte en vakt som smusslat undan en av bullarna för att ha till fikat. Bullen var en förhärdad langare som hade gjort sin första stapplande steg som langare redan i femtonårsåldern, han hade sedan utbildats ytterligare på ungdoms- vårdsskolor för att slutligen hamna på Håga, som räknas som Halls farmarlag. Där fick han slutligen de rätta kontakterna så han kunde starta eget då han muckade. Han hade suttit i många polisförhör och skulle inte bli lätt att knäcka. Det framgick av anteckningar från tidigare förhör att han konsekvent nekat till allt, även sådant som de kunnat bevisa. Det var fyra år sedan han gjort sin senaste volt, men han hade varit misstänkt flera gånger men släppts i brist på bevis.

Bullen själv tog arresteringen med ro, den lilla mängd knark han haft på sig skulle bara ge "ringa narkotikainnehav" och ge ett lindrigt straff, i bästa fall villkorligt.

Han hade blivit släppt efter razzian för han hade inget på sig vid tillslaget, men knarkspan visste var han brukade stå så de kunde gripa honom redan samma kväll. Gripandet skedde odramatiskt utan att Bullen satte sig till motvärn, det var en del av jobbet för honom. Som tur va hade han två påsar kokain på sig som han antagligen var på väg att leverera, det tillsammans med utpekandet gjorde att de kunde häkta honom.

Som väntat sade Bullen inte ett ord vid förhöret, knarket hade någon stoppat i hans ficka och utpekandet av kvinnan måste handla om ren förväxling. Att han blivit gripen såg han som ren trakassering från polisens sida. Och han tänkte inte säga mer för polisen trodde ändå inte på honom. Det gjordes razzia hemma hos honom och under en lös planka i en garderob hittade knarkhunden ytterligare knark med de rätta "DNA et". Då Bullen konfronterades med det blev han mycket förvånad, vem hade lagt dit det?

Spaningsledaren kontaktade rikspolischefen efter förhöret, för han hade sagt att han ville bli informerad om fallet. När spaningsledaren dragit fallet för Lindström satt denna en stund tyst och funderade. Sedan sade han; "Jag har en annan vinkling till nästa gång vi skall förhöra honom, och jag tror det är bra att jag är med vid det förhöret." För att "mjuka upp honom" fick Bullen sitta ytterligare två dagar innan de tog honom till förhör. Vid nästa förhör var det alltså spaningsledaren och polischefen som höll förhöret. Det var polischefen som ledde förhöret och hans första fråga var om han ville ha en försvarsadvokat. Bullen svarade med ett hånleende: "Jag är oskyldig till knarkbrott så jag behöver ingen advokat". Polischefen berättade då att de hittat ytterligare knark i hans lägenhet så det där med "ringa innehav" kan du glömma. Nu handlar det om knarklangning. Med ditt förflutna kommer bara det att ge dig flera år. Här gjorde Polischefen ett uppehåll sedan tillade han. "Du sitter inte här bara misstänkt för knarkbrott utan också för mord." Hånleendet försvann, och Bullen sade; "jag vill ha en advokat".

Bullen hade naturligtvis inte pengar till en advokat så han blev tilldelad en nyutexaminerad jurist. Juristen hade redan trettiosju fall så han hade inte möjlighet att

lägga så mycket tid på det nya han blev tilldelad. I prin-
cip hann han bara läsa åtalet innan domstolsförhand-
lingarna började.

Kapitel 11

Det var nu bara hundra dagar kvar till valet och tonläget i de politiska debatterna skruvades upp. Det var inget som gynnade den sittande statsministern. Han var en notoriskt dålig debattör och när någon ställde en sakfråga var i stort sett svaret alltid: "Vi skall tillsätta en opartisk utredning som tittar på det, innan vi tar något beslut." Det enda beslut som tydligen kunde fattas utan utredning var en höjning av riksdagsmännens löner. Dan Björkman hade inga åsikter utan hans bidrag till debatten var i allmänhet att hånskratta när SD gjorde ett inlägg. Anna Loof var en medelålders kvinna med spetsig näsa som gav henne ett rävaktigt utseende något som förstärktes av det röda håret. När hon tog till orda lyssnade alla uppmärksamt för det kunde komma vad som helst, tankegångarna bakom hennes påstående var obegripliga för alla, troligen för henne själv också. Miljöpartiets kvarvarande språkrör Frigolin som nu basade över ett parti med mindre än fyra procent verkade tappat tron på sitt eget parti och gäspade och tittade på klockan. Elsa Toren som var KD s partiordförande var en duktigare sångerska än debattör. En som vid första anblicken verkade seriös var vänsterpartiets Jan Sjögren. Han pratade långsamt vilket gav intrycket av det han sade var genomtänkt men när han äntligen pratat färdigt förstod man att så inte var fallet.

Ann Batas kvalifikationer som partiledare för Riksda-
gen näst största parti har jag redan berört.

Den klart lysande stjärnan i denna församling var SD s
partiordförande Jim Åkerman. Han var en lysande de-
battör och de andra partiledarna försökte undvika sak-
frågor utan fokuserade sig på att partiet hade sina röt-
ter i ett nazistiskt parti, något som alla hört till leda. När
SD s siffror började dala hade de åter alla "etablerade"
parti mot sig, när de varit på frammarsch hade M och
KD legat lågt för att vänta och se om det var dags att
vända kappan. Men nu kunde de instämma i kritiken
mot SD. Genom att göra det slapp de etablerade parti-
erna redogöra för sina egna politiska agendor som inte
fanns. Det är alltid lättare att klaga på andras förslag
än komma med något eget. Det hade blivit så att SD
var det enda oppositionspartiet och de partier som nor-
malt skulle tillhöra oppositionen hade fullt upp med att i
likhet med socialdemokraterna stoppa SD s fram-
marsch.

Efter att en sådan debatt sänts i tv programmet
"Agenda" samlades SD s inre cirkel, som de kallade
sig, i partiets övernattningslägenhet på Östermalm.
Denna cirkel bestod av partiordförande Jim Åkerman,
pressansvarige Bengt Sundholm, vise ordförande Jarl
Byholm samt ekonomiansvariga Leif Bokvist. Det var
ett sammansvetsat gäng som varit med länge i partiet
och som också umgicks privat. Det var de som styrde i
praktiken även om det fanns en officiell styrelse.

Stämningen var tryckt och de satte sig vid bardisken och Leif blandade drinkar som han delade ut. "Det här går åt helvete," sade Jim. "Vi tappar hela tiden och de andra partiledarna gör antagligen vågen nu. Aftonpressen har tappat stinget när Emanuel är borta". Jag undrar vilken som låg bakom mordet på honom inflikade Jarl." Som jag kan se det är det någon av de etablerade partierna som har något att tjäna på att våra siffror sjunker", sade Jim. "Jag tror att Sten Lövner ligger bakom mordet" sade Leif." Han har en bakgrund inom facket och där är väl alla mer eller mindre skurkar menade Jarl och de andra nickade instämmande." Den nya chefredaktören på Aftonpressen är tydligen helt styrd av de etablerade partierna", sade Jarl. Invandringen är på samma nivå som för fem år sedan och folk har vant sig vid att bo i en laglös bananrepublik, påpekade Leif. "Det är bara sjuttio dagar till valet och som det ser ut nu får vi ingen majoritet. Det är nu vi har chansen att få ett regeringsskifte" fortsatte Leif. Hur Sverige ser ut om fyra år är det ingen som vet menade Jim, det kanske inte är fria val då så om vi inte kommer till skott nu är det mycket troligt att jag hoppar av och börjar med något annat. Jag vill inte sitta i något patetiskt fyraprocents parti som Frigolin. De andra nickade.

 Jim ställde glaset på bardisken; "Det måste hända något drastiskt, ingen moské som brinner eller något vanligt upplopp det är folk så vana vid att de inte reagerar." De andra nickade och Jim fortsatte: "Det skall vara typ inbördeskrig i någon av invandrarförorterna som Tensta eller Akalla, då skulle vi få tillbaka de röster vi tappat." Nu var intresset väckt, man diskuterade hur det skulle kunna genomföras och när rätt tidpunkt var för projektet. Den där killen som är ledare för Fredsänglarna vad heter han? Undrade Jarl, har vi inte redan sponsrat honom i samband med mordet på imamen och branden i moskén i Botkyrka? Han heter Sverre, sade Jim och han klarade sig från både branden och mordet, en duktig kille. Efter ytterligare en stunds bollande med olika idéer kom de fram till följande: Bengt skulle kontakta Sverre och erbjuda honom pengar om han kunde organisera ett regelrätt krig i någon förort. Hur det skulle organiseras skulle Sverre få sköta, han hade visat sig vara en bra organisatör. När han planerat attacken skulle han informera Jarl och om planen verkade vettig skulle han få en del av pengarna. Frågan var bara hur mycket han skulle begära och de kom fram till att lägga ett tak på tre hundra tusen kronor, om det inte räckte skulle de hota med att de också förhandlade med ett MC gäng. Det var viktigt att alla förhandlingar skedde muntligt, och pengar skulle betalas ut kontant. Nu var stämningen hög igen och en skål för "ett fritt Sverige" utbringades.

Sverre var inofficiell ledare för Fredsänglarna, det var en utbrytargrupp från Hammarbys fotbolls huliganer. Det var han som organiserat mordbranden på moskén i Botkyrka samt mordet på imamen i samma område och fått betalt av SD. Men det hade också gjort honom till ledare för fredsänglarna. Det var till honom SD vände sig för att få sitt "inbördeskrig". Förra gången de anlitat honom hade det blivit succé.

Kapitel 12

Sverre var uppvuxen i Farsta och han hade en bakgrund som många har som kommer snett i livet. Han växte upp med en ensamstående mor som fick dubbeljobba för att klara ekonomin. Fadern hade Sverre aldrig träffat men hans mor sade att han var från Norge och att han flyttat innan Sverre föddes. Han var enda barnet och blev tidigt ett så kallat nyckelbarn för hans mor arbetade ofta på kvällarna. Redan i tioårsåldern började han umgås med olika gäng som fanns i Farsta och det innebar också att han blev inblandad i olika kriminella verksamheter. Den första noteringen polisen har på honom är när han är femton år och åkte fast för en mopedstöld. Efter hand blev det några vändor på olika ungdomsvårdsskolor och slutligen en fängelsedom, då han fyllt tjugo. Han kom i kontakt med Hammarbys "firma" då han var arton år, och efter det blev de hans familj. När utbrytargruppen "fredsänglarna" bildades blev Sverre snabbt en av huvudaktörerna. Han hade varit med länge och hade utpräglade ledaregenskaper. Antagligen skulle han kunnat bli en duktig projektledare eller chef om han haft andra förutsättningar. Han hade organiserat attentaten i Botkyrka och mordet på imamen i Alby. Det var visserligen inte meningen att imamen skulle bli kvar i lågorna när hans radhus började brinna men Sverre ansåg att han hade sig själv att skylla, det var faktiskt han som började slåss och då får man stå sitt kast ansåg Sverre. Det var inget han låg vaken på nätterna och grämde sig för. Imamen själv, som rekryterat IS krigare till Syrien, hade gjort så mycket jävelskap så han fick vad han förtjänade tänkte han.

Efter de tilldragelserna hade han också blivit en klart lysande stjärna i huligan kretsar. Han var tjugofem år och hade alla attribut som man kunde förvänta sig, rakat huvud, tatueringar över hela kroppen. Den obligatoriska klädseln var munkjacka och slitna jeans. Vid de tillfälle han arbetade var det för att kunna få a-kassa och övriga inkomster fick han av kriminell verksamhet. Fredsänglarna träffades på puben Gröna Jägaren där de hade ett eget bord, det var där de dryftade kommande tillslag. Sverre hade redan fått pengar i samband med angreppet på moskén, men han visste inte vem den egentliga beställaren var och han brydde sig inte heller. Han blev därför glatt överraskad när samma kille som sponsrat honom tidigare dök upp när han satt på Jägaren och ölade med sina kumpaner.

De skakade hand och Bengt frågade om de kunde prata mellan fyra ögon, Sverre nickade och de satte sig vid ett annat bord. Bengt började med att smickra Sverre för insatsen mot moskén och imamen. Sedan redogjorde han för det nya projektet och Sverre lyssnade uppmärksamt." Ingenting är omöjligt" sade han när Bengt var klar." Men du förstår säkert att här fodras betydligt mer stålar än förra gången. Det du pratar om är fullskaligt krig och jag måste blanda in alla andra firmor, annars kommer vi inte levande därifrån." Bengt nickade och tog fram en almanacka och de diskuterade en stund om lämpliga datum för ett eventuellt tillslag. De kom överens om att träffas om två dagar så skulle Sverre redogöra för sin plan och lämna ett pris. När Bengt lämnade Jägaren var han på gott humör, han trodde att affären skull kunna genomföras och då skulle SD få ett helt annat resultat vid det kommande valet.

Nu blev det bråda dagar för Sverre, det var mycket som skulle klaffa för att kunna göra ett sådant tillslag. Frågor hur man skulle åka dit och oskadda åka hem måste lösas, han gjorde upp en lista på personer som skulle kontaktas och material som måste införskaffas. När han funderat på saken slog det honom att hela projektet antagligen inte skulle gå att genomföra om han inte fick tillgång till pansarskott. Fredsänglarna skulle aldrig kunna få så många deltagare att de skulle kunna mäta sig med invånarna i Kista, de som bodde där skulle gå man ur huse när det började smälla och då måste de ha något att stoppa dem med. Pansarskott var perfekta för det ändamålet. Han tog därför en förhandskontakt med en MC klubb som han visste hade tillgång till sådana. Svaret var att allt är till salu om priset är det rätta. Nu var priset inget större problem för Sverre för beställaren hade tydligen tillgång till mycket pengar.

Naturligtvis hade han funderat över vilka som var "arbetsgivare", så han tänkte att nästa gång de träffades skulle han låta skugga honom och ta hans bilnummer.

Det kunde vara bra att veta vem det var om det blev strul i framtiden till exempel med betalningen.

Kapitel 13

När Bullen hämtades till förhör efter två dagars väntan var han inte lika kaxig, han hade nu också en försvarsadvokat vid sin sida. Spaningsledaren skötte förhöret men polischefen var också med. Advokaten började med att begära information om vad som låg till grund för mordanklagelserna. Spaningsledaren beskrev att narkotika från Bullen hade hittats hos en man som dött av överdos i tunnelbanan och han nämnde också namnet på redaktören, men han sade inget om att narkotikan varit i mannens fickor. Advokaten undrade hur de kunde veta att det var Bullens narkotika och spaningsledaren ryckte på axlarna och sade att analysen visade det. Advokaten begärde att få tala på tu man hand med sin klient. Efter fortsatte förhöret och Bullen sade att han muntligt kunde ange namnet på köparna om bandinspelaren stängdes av. Han var inte beredd att vittna mot köparna för det skulle "bli hans död", som han uttryckte det. I gengäld skulle han bara åtalas för "ringa narkotikainnehav." Poliserna gick med på det och spaningsledaren tog fram ett papper och antecknade namnen som Bullen räknade upp. Det var ett tiotal namn, många var bekanta för polisen som kända langare. De hade naturligtvis ingen koll på om alla namn var med eller om Bullen ljög. Men ett namn som stack ut var den tidigare polisen Tommy Lind.

Både spaningsledaren och Arvid kände Tommy och visste att han numera arbetade i en gråzon ofta med politiker som kunder. När förhöret var slut sade polischefen att han trodde att det var bäst att han pratade med Tommy, han känner honom personligen och du kan fokusera dig på de andra namnen på listan. Jag misstänker att vi kan ha något stort på gång så det är viktigt att ingen annan får tillgång till den här informationen. När spaningsledaren hade gått satte sig Arvid vid datorn och plockade fram en bild på Tommy samt fem andra män i hans ålder och körde ut dem på skrivaren. Han var medveten om att det han nu höll på med kunde leda till en katastrof men om hans misstankar stämde skulle det kunna leda till en ändå större katastrof. På vägen hem åkte han förbi puben Valvet, han tog bilderna som han kört ut och gick in på puben. Det var vardagskväll och endast ett tiotal gäster där, han gick fram till bartendern och visade polislegitimationen och sade att han hade en kompletterande fråga om redaktör Bergkvist. Vem jobbade här den kvällen som han var här? Det var jag sade Bartendern, men polisen har redan varit här och ställt frågor. "Vi har fått in några intressanta namn, skulle du kunna titta noga på bilderna och försöka känna igen mannen som redaktören pratade med och som bjöd honom på öl" sade Arvid. Bartendern tittade noga på bilderna sedan pekade han på Tommy: "Det var han" sade han, det är jag nästan hundra procent säker på. Polischefen höll masken och nickade likgiltigt samtidigt som han frågade "Är du säker på det". Han ser lite yngre ut på bilden men ja, jag är säker svarade bartendern. När Arvid var tillbaka i bilen tänkte han vilken jävla röra, vem har beställt jobbet av Tommy? Hur skulle han gå vidare med det här? Han kunde inte förvänta sig någon hjälp av politikerna för de kunde själva vara inblandade, han beslöt att inte fatta några beslut utan att först prata med Tommy och försöka få honom att erkänna vilken som var hans uppdragsgivare. Om hans misstankar bekräftades så var han i en återvändsgränd, vilken skulle han kontakta och delge sina misstankar? Men han beslöt sig för att ta ett problem i taget och vänta och se hur det utvecklade sig.

*

När Bengt och Sverre träffades för andra gången på Jägaren gjorde de som förra gången, de satte sig vid ett eget bord och Bengt beställde in två öl. Sverre var på gott humör och började redogöra för hur tillslaget skulle kunna utföras, det märktes att han kollat och tagit vissa förhandskontakter bland andra "firmor" så han verkade vara positiv till att göra tillslaget. Men, sade han." Vi skulle behöva några pansarskott i reserv och det är bara MC gängen som har dom. Och jag vet inte om de är beredda på att sälja några, eller hur mycket de vill ha i så fall. De är lite sura på mig efter det där med moskén sade han och flinade." Hur mycket räknar du med att hela kalaset kommer kostar undrade Bengt, du skall veta att vi också förhandlar med ett MC gäng och de har redan gett ett pris som jag är beredd att acceptera. Sverre hånflinade och sade "Det tror jag inte ett dugg på, det här är inte deras grej. Sist fick de på skallen och de har inte slagit tillbaka mot kamelryttarna än, för det här fordras det stake för det här är ingen affärsägare som skall skrämmas." Men jag har räknat på det här och det blir utgifter till de andra firmorna så vi behöver 250 000 kr samt kostnaden för eventuella pansarskott. Om det är för mycket får du snacka med MC gänget, sade han med ett nytt hånleende. Bengt såg bekymrad ut och sade att han skulle ringa ett samtal och gick undan och ringde till Jim och redogjorde för vad Sverre sagt. Efter samtalet gick han tillbaka till deras bord och sade kan du lämna ett pris som inkluderar pansarskotten? "Ok" sade Sverre vi försöker köpa dem för 50 000 kr och om de inte säljer så skaffar vi automatvapen så priset för er del blir 300 000 kr och hälften i förskott. Du får 100 000 i förskott sade Bengt och tog fram ett tjockt kuvert ur fickan." Ok" sade Sverre, de skakade hand och Bengt tog fram almanackan och de diskuterade en stund om datumet för tillslaget. De kom överens om att träffas en gång till före tillslaget och stämma av att allt skulle fungera. De reste sig och skakade hand och Sverre gick tillbaka till sitt bord och sade; " Grabbar vi har mycket att prata om men först beställer vi en öl och en jägare till, jag bjuder."

När Bengt kom tillbaka till kontoret samlades den inre kretsen och han redogjorde för sin överenskommelse med Sverre. De andra applåderade spontant och de började genast planera för hur de skulle agera för att utnyttja den nya situationen maximalt. Någon föreslog att SD skulle ha någon på plats när kravallerna bröt ut.

Han skulle kunna springa runt och försöka stävja brå-
ket och i efterhand bli hjälte. Men de fann att risken var
för stor så de beslöt sig för att inte blanda sig i kraval-
lerna.

Kapitel 14

På morgonen när Arvid kom till jobbet hade spanings-
ledaren skickat e-post där det endast stod "Ny info. om
Bergkvist". Han ringde genast till spaningsledaren och
bad honom komma upp till hans kontor. Det som hade
inträffat var att på en övervakningsfilm från en kamera,
nära tunnelbanestationen där Emanuel förolyckats,
syntes Emanuel som gick på ostadiga ben mot tunnel-
banan. Men på samma film sågs en man som gick ca
hundra meter bakom och verkade övervaka honom.
De körde filmen flera gånger och förstorade den del
som visade mannen som verkade övervaka Emanuel.
Filmen var tydlig, det var ingen tvekan om att det var
Tommy Lind. Arvid berättade att bartendern hade pe-
kat ut Tommy också, så det råder ingen tvekan om att
han är inblandad. På frågan om hur många som visste
om filmen svarade spaningsledare att det bara var han
som sett den. "Det är oerhört viktigt att detta inte sprids
vidare" sade polischefen," än så länge är det bara vi
två som har denna informationen." Du kan lägga det
här fallet åt sidan så får du vidare direktiv av mig.

När spaningsledaren gått ringde Arvid upp Tommy och
efter lite småprat om gamla tider, folk som slutat och
lite skvaller om Dan Eliasson som fått sparken kom
han fram till anledningen till att han ringt. "Jag har ett
fall som är lite känsligt, jag kan inte behandla det inom
ramen för våran verksamhet, men jag tror att du är

rätta mannen att titta på det." Jag förstår att du inte kan ta det på telefon sa Tommy, men du kan väl titta in på mitt kontor efter jobbet. De bestämde en tid och Arvid lade tankfullt på telefonen. Frågan nu var inte om Tommy var inblandad utan om han skulle erkänna. Han var känd för att aldrig röja sina uppdragsgivare, men om han riskerade att själv bli gripen var det nog en annan sak. Men antag att Tommy avslöjade vilken som var uppdragsgivare och det visade sig vara en högt uppsatt politiker, vad skulle han göra då? Hur han vände på det kom han inte fram till någon lösning. Om det var en eller flera partiledare som var inblandade i mordet kunde man då hålla val? Man kan tycka att för hans del var det bara att redovisa bevisen som han får fram och lämna materialet till åklagaren, problemet var att han inte litade på åklagaren heller. Han visste att började de blåsa på toppen sitter ingen säker, maktens män har inga skrupler då det gällde att rädda sig själva.

De sammansvurna partiledarna hade samlat igen för ett "informellt" möte, nu var stämningen helt annan än vid förra mötet. På bordet framför dem låg resultat från olika opinionsmätningar och alla pekade på en kraftig tillbaka gång för SD. Sten sken som en sol och sade att vi behöver inga fler informella möten, med den här farten är SD nere i tjugo procent till valet och då är det bara att frysa ut dem som vanligt. "I USA litade de också på opinionsmätningar och vi såg hur det gick" sade Bata. "Tänk om det blir upplopp som vid den där moskén, då stiger deras opinionssiffror igen" sade Jan.

"Hur menar du" inflikade Anna Loof. Men ingen orkade förklara en självklarhet för henne. "Vi har alla moskéer under bevakning fram till valdagen så något sådant skall inte kunna hända" påpekade Sten, sedan tillade han att det fordras ett regelrätt krig för att få SD på banan igen och alla skrattade utom Anna Loof.

Under tiden hade Sverre bråda dagar, hans andrahandslägenhet på söder började likna ett stökigt kontor. På det slitna skrivbordet låg ett block där han antecknade namnen på dem han hade telefonkontakt med. Han hade ringt runt till ledarna i de olika firmorna och förklarat situationen och att han behövde hjälp. Två firmor verkade entusiastiska, de hade hört om moskén i Botkyrka och var besvikna för att de inte fått vara med. Den tredje firman var inte lika entusiastisk och Sverre tänkte "Jävla Djurgårdare alltid bangar dom ur när det gäller", men när han nämnde att det kunde bli frågan om en viss sponsring lovade firmaledaren att kolla med grabbarna om de ville vara med. Så långt var det inga problem, men nu gällde det att komma överens med MC gänget om att få köpa pansarskotten. Han funderade läng på hur han skulle lägga fram förslaget och bestämde sig för att inte ringa utan åka dit och prata med dem ansikte mot ansikte. En kompis som var med i Fredsänglarna körde honom till industrilokalen som var MC klubbens klubbhus. Lokalen låg nära Bromma och såg vid första anblicken ut som en industrilokal. Men tittade man noga såg man att staketet var förstärkt och högre än de brukar vara. Det fanns

också tv kamrer uppsatta längs staketet och den kraf-
tiga grinden var stängd. Det satt en knapp, bredvid
grinden, som besökare skulle ringa på och det gjorde
han. Efter en stund kom en ung man ut och frågade
vad de ville.

Kapitel 15

När Sverre förklarat ärendet blev han väl mottagen, han hade nu en viss status i kriminella kretsar, och le-daren bjöd på öl. MC ledaren var en fet tatuerad fyrtiåring med läderväst och håret i en liten hästsvans. Sverre började med att beklaga att de haft problem vid tillslaget i Botkyrka men utan MC gängets insats hade de aldrig lyckats. Sedan tillade han "jag förstår att ni tänker trycka dit blattarna så jag har en ide' hur vi skulle kunna hjälpa er." Sedan berättade han om det planerade tillslaget och att det var omöjligt att genom-föra utan pansarskott. Det är så många kamelryttare där att om det går snett kan vi bli stenade hela gänget. Mc-ledaren sade att de i princip inte skulle bry sig om att bråka med blattarna, för vi gör affärer och vill tjäna pengar inte bli indragna i meningslösa gängkrig. Sverre nickade att han förstod, men tanken var att de skulle köpa pansarskotten. Om MC gänget bara kunde ge lite rabatt på varorna, för om de användes pansar-skott skulle alla tro att MC gängen var inblandade och på så sätt skulle de sätta sig i respekt hos blattarna. Mc-ledaren nickade tankfullt och sade att det låg mycket i vad han sade och att han skulle prata med huvudkontoret som låg i Malmö. Det var också där de hade pansarskotten så de skulle bli tvungna att leve-rera dem till Stockholm. Det skulle ta några dagar. En

annan sak som ledaren påpekade var att de antagli-
gen ville ha en viss kontroll på hur skotten skulle an-
vändes, det fanns alltid en risk att de själva skulle
drabbas. Det hade Sverre full förståelse för, men det
kunde de diskutera nästa gång de träffades. De beslöt
att träffas om tre dagar, inget skulle avhandlas på tele-
fon men Sverre hade en känsla av att affären skull bli
av.

På ryska ambassaden såg man med glädje hur SD s
siffror började dala och det kom direktiv att kampanjen
skulle fortsätta fram till valdagen. Något som förvå-
nade de ryska agenterna som arbetade på ambassa-
den var mordet på Aftonpressens redaktör. Det kunde
inte ha kommit mer lägligt, de förstod att en förklaring
till SD s sjunkande siffror delvis berodde på det. Först
trodde de att det var andra agenter från de egna leden
som utfört mordet men sedan insåg de att det var nå-
gon annan organisation som låg bakom. I vanliga fall
brukade de kunna skylla på USA men i det här fallet
skulle de bara förlora på om den sittande regeringen
vann valet. Om man bara tittade på vilka som skulle
vinna på mordet så var det naturligtvis den sittande re-
geringen som hade den största anledningen att tysta
Aftonpressen. Men ryssarna hade svårt att tro att de
skulle gå till sådana ytterligheter, men de beslöt att
höra med informatörer inom polisen och försvaret. Den
typen av kunskap kan vara mycket värdefull att ha som
utpressning mot den sittande regeringen i framtiden.

Konstigt nog hade deras informatörer inget att berätta,
det verkade som det var en lika stor gåta för poliserna

som för dem själva. Kunde det vara så att USA inte ville att SD skulle komma till makten, för de skulle säkert inte vara lika samarbetsvilliga i försvarsfrågor som den nuvarande regeringen var. Men samtidigt hade SD gått ut och sagt att de skulle ha en omröstning om Nato, det skulle vara en fördel för USA om svaret på den omröstningen blev ja, det skulle på sikt stärka Nato. Ryssarna beslöt att fortsätta undersökningen till de hittade ett svar. Och agenterna som arbetade på ambassaden i Sverige fick direktiv att fortsätta att leta efter den eller de som låg bakom mordet.

Tommy Linds kontor låg i Sundbyberg i de lokaler som Marabou lämnat och som nu blivit företagshotell. Framsidan på huset låg mot järnvägen som gick genom Sundbyberg och på husets baksida fanns det en park med flera statyer och i fastighetens källare fanns ett konstmuseum. Tommy trivdes i sitt lilla kontor. Det bestod av två rum och ett litet förvaringsutrymme där han förvarade pärmar och övrigt utredningsmaterial. Han hade en sekreterare som arbetade deltid och endast var på kontoret på förmiddagarna. När Arvid knackade på blev han mottagen med öppna armar av Tommy som var smickrad av ett besök av polischefen. De slog sig ner på var sida av skrivbordet i Tommys kontor och han undrade om det skulle vara en kopp kaffe "eller något starkare he he". Arvid sade att han körde så det räckte med kaffe.

När de fått var sin kopp från automaten satt de och småpratade en stund som kollegor gör när de inte träffats på länge. Sedan sade Arvid det var dags att prata affärer. Tommy log och gnuggade händerna, men leendet försvann när Arvid visade bilderna från filmen och redogjorde för vad de fått fram om mordutredningen på redaktör Bergkvist. När Arvid pratat färdigt var det dödstyst i rummet och man kunde höra ett pendeltåg som passerade. Arvid såg att Tommy blivit blek och att han svettades. Slutligen sade Tommy: "Anklagar du mig för mord?" Arvid svarade inte. Efter ytterligare en halv minut när Tommy börjat samla sig sade han "Du är en erfaren polis, det du har räcker inte till en fällande dom det vet du." Nej, sade Arvid, det är därför jag sitter här och inte spaningsledaren som har hand om fallet. Han och jag är än så länge de enda som känner till det här, ingen åklagare är inblandad. Som du säkert förstår är vi bara intresserade av vem som beställt jobbet och det hoppas jag att du och jag kan komma överens om. Jag misstänker att det här kan handla om rikets säkerhet, så om du kan informera mig om vem beställaren är skall vi försöka att inte blanda in dig men om du vägrar kommer vi att köra som vanligt. Även om vi inte kan få till en fällande dom kommer du att vara helt körd och ingen kommer att ens anställa dig som nattvakt. "Kan du ta av kavajen och visa att du inte har någon bandspelare på dig", sade Tommy. Arvid följde hans uppmaning och Tommy började prata.

Han berättade att han blivit kontaktad av Börje Engman som var stadsministerns sekreterare och gjort en utredning på chefredaktören för Aftonpressen. Anledningen till utredningen var naturligtvis att de skulle hitta något "lik i garderoben". Den typen av utredningar hade han gjort många gånger, det var normalt politiker och företag som beställde den typen av jobb. Men i det här fallet var det alltså statsministern som var den troliga beställaren. Och Tommy menade att det på något vis rättfärdigade honom, för han arbetade för Sveriges bästa i alla fall trodde han det.

När han inte kunde hitta något användbart hade han fått order att göra något som skulle kompromettera honom så att han fick sparken från tidningen. Tommy hade naturligtvis avrått dem från det men de lyssnade inte på honom. Det var då olyckan inträffat. Själv hade han naturligtvis varit i god tro. Det var ju stadsministern som var beställaren. Arvid lät honom berätta färdigt utan att avbryta honom. Sedan ställde han några frågor om detaljer som endast förövaren kunde känna till, hurdana kläder hade redaktören, hur många arbetskamrater var med redaktören på puben. När Tommy kunde svara på frågorna var han helt säker på att fallet var löst. Han upprepade för Tommy att de skulle hålla honom utanför utredningen så mycket han kunde. Och i dagens läge visste han inte hur han skulle gå vidare. Tommy påpekade att de nu var ute på ett minerat område, om detta kom fram var det inte lätt att veta vilka huvud som skulle rulla. Satt Arvid själv säkert om statsministern var hotad? Var det inte enklast att lägga locket på? Arvid måste erkänna att det låg mycket i vad han sade. Men han var till skillnad från sin föregångare en ärlig polis så han tänkte inte lägga på några lock. När han reste sig och skulle gå satt

Tommy kvar och han såg bekymrad ut, och det med all rätt tänkte polischefen.

Kapitel 16

När Sverre träffade Mc-ledaren tre dagar senare var det mesta på plats. De hade fått klartecken från Malmö och det var bara några detaljer de skulle diskutera. Priset hade de inte kommit överens om och efter en del schacklande kom de fram till tio tusen kronor per pansarskott och han beställde två stycken. Sverre försökte se bekymrad ut men priset var betydligt lägre än han räknat med, så där åkte ytterligare trettio tusen i hans ficka. Men det var ytterligare ett krav, en person från MC klubben skulle vara med då de avlossades. Antagligen för att ha kontroll så de inte hamnade i orätta händer. De kanske var rädda att pansarskottet skulle användas mot deras egna lokaler. Sverre sade att det var Ok för då skulle kontrollanten också kunna visa hur man använde vapnen. Sverre betalade halva priset och skulle betala resten då skotten levererats. De kom överens om ett datum för leveransen och Sverre skulle då få träffa kontrollanten som skulle vara med vid tillslaget. Efter ytterligare en öl skakade de hand och han lämnade lokalen med en känsla att alla bitar var på plats.

När Arvid lämnade Tommys kontor var han skakad. Aldrig hade han på alvar trott att landets stadsminister kunde vara inblandad i en mordkomplott. Hur skulle han gå vidare med den vetskapen? Han kunde inte sova på natten utan låg och tänkte på olika alternativ,

en sak kom han fram till och det var viktigt att någon
mer än han visste vad som pågick. Att ensam ha
denna informationen kunde till och med vara livsfarligt
det hade redan utförts ett mord.

Det första han gjorde när han kom till jobbet följande
dag var att avboka mötet han hade på förmiddagen
och kalla in spaningsledaren som han hade förtroende
för. Han berättade om sitt möte med Tommy och att at-
tentatet var beställt av Börje Engman som var sekrete-
rare till statsministern. När han berättat klart blev det
en lång tystnad som bröts av spaningsledaren. "Vilken
jävla soppa" sade han och Arvid nickade. Hur skall vi
gå vidare med det här undrade spanaren. Jag har pla-
nerat följande, först skall du kontakta Börje Engman
och få honom att erkänna sin delaktighet. Han är ingen
förhärdad brottsling och om vi lovar honom immunitet
kan vi säkert få honom att erkänna och också spionera
på stadsministern fram till valet. När vi har den biten
klar kommer jag att kontakta överbefälhavare Wrangel
som är politiskt obunden, jag känner honom lite och
jag litar på honom. Sedan får vi se hur vi skall göra.
Tills vidare skall du endast arbeta med det här och du
kan kontakta mig vid alla tider på dygnet, jag vill ha
fortlöpande information. När vi har alla fakta på bordet
kommer Wrangel och jag att diskutera vad som skall
göras. Kanske är det så att vi skall stoppa det förestå-
ende valet och tillsätta en interimsregering. Om någon
i huset verkar intresserad av utredningen skall du na-
turligtvis inte säga ett ord om det jag nu sagt. Men du
skall genast rapportera till mig. Jag vill gärna veta vilka

som läcker uppgifter till press men också statsministern kan ha folk i huset som försöker följa hur utredningen går.

Spaningsledaren hette Tore From och var ursprungligen från Säffle i Värmland. Han var i fyrtioårsåldern, var lyckligt gift och hade tre barn. Han bodde i Täby och hans hobby var att vara fotbollstränare åt knattelag där hans barn spelade. Han är en erfaren spaningsledare, han hade tidigare arbetat i samma team som rikspolischefen Arvid och de litade på varandra. Därför kände Tore att ett stort ansvar vilade på hans axlar. När han lämnade polischefen var han bekymrad över vad som skulle hända, för förr eller senare skulle de avslöja stadsministern och vad hände då? Vilken makt har en stadsminister då det gäller att mörka kriminella handlingar? Men han beslöt att behandla fallet som en vanlig brottsutredning men att föra noggranna anteckningar så han kunde dokumentera sina åtgärder i efterhand. Trots allt var det Arvid Lindström som var hans chef och ansvarig för operationen.

Han började med att ta reda på allt om stadsministerns sekreterare Börje Engman. Denne hade gjort karriär i socialdemokraternas ungdomsförbund och räknades som en påläggskalv i partiet. Han bodde i ett radhus i Spånga och var tjugonio år gammal och sambo med en kvinna som hette Lena Fast, och de hade inga barn. Det fanns inget annat i brottsregistret än några felparkeringar. Han hade en sparad slant som möjligen kunde komma från ett arv, men i övrigt inga transaktioner som verkade avvikande på något sätt. Tore insåg att han inte kunde gå till väga på vanligt sätt, här handlade det mer om att värva en tjallare. Han beslöt sig för att överraska Börje så denne inte fick möjlighet att prata med sin chef. Spaningsledaren samlade allt material som var bevis mot Börje i en portfölj sedan tog han fram en bandspelare som han kunde ha i innerfickan, mikrofonen gömde han under kavajens rockslag. För att vara på den säkra sidan testade han genom att prata och slå på bilradion och spela in ett fejkat samtal. När han var säker på att utrustningen fungerade satte han sig i bilen och åkte till sekreterarens radhus i Spånga.

Huset var byggt någon gång på sjuttiotalet och trädgårdarna hade en lummig grönska och de flesta hade uteplatser med grill, det var ett trevligt område och Tore önskade att han hade råd att köpa ett sådant hus. Men polislönen var låg och hans fru var hemma till barnen blev större, så det verkade avlägset att kunna göra ett sådant köp. När barnen börjat skolan skulle hans fru börja arbeta då skulle de kanske kunna köpa ett radhus.

Klockan var fem på eftermiddagen när han kom dit och han visste inte om sekreteraren kommit hem från jobbet än. Han hittade en gästparkering nära radhuset där han kunde övervaka huset. Det verkade tomt men halv sex kom det en kvinna som troligen var Börjes sambo. Som spaningsledare var Tore van vid att vänta och han ringde hem och sade till sin fru att han skulle bli sen, hur sen visste han inte. Hans fru var van vid det så hon suckade bara. Först vid sjutiden kom en grå

Volvo och parkerade utanför radhuset och Börje gick in i huset med en portfölj i handen. Tore väntade ytterligare tio minuter sedan körde han fram och parkerade bakom Volvon.

Det var Börje som öppnade då han ringde på och Tore presenterade sig och visade polisbrickan. Börje verkade förvånad och undrade vad han kunde stå till tjänst med. Spanaren förklarade att han höll på med en utredning och att han hade några frågor om en person som Börje kände. Det är lite känslig så jag skulle var tacksam om vi kunde sätta oss i min bil där jag också har mina papper. Anledningen att spaningsledaren ville att Börje skulle sätta sig i hans bil var att människor är mer sårbara när de inte är på "hemmaplan".

Börje protesterade inte utan tog på sig kavajen och följde med ut till bilen. När de satt sig till rätta i bilen tog spaningsledaren fram en bild av Tommy och han såg att Börje hajade till och flackade med blicken. "Jag frågar inte om du känner den här mannen" sade spaningsledaren. "Jag vet att du gör det och han har bekräftat det". Men innan du förnekar det skall jag berätta vad som hänt, sedan får du själv avgöra om vi skall åka till polishuset. När spaningsledaren berättat hur de lyckats spåra Börje utelämnade han bara att Tommy vägrat vittna.

Sekreteraren satt tyst en stund sedan harklade han sig och mumlade "Jag är bara en mellanhand, det är på order av stadsministern jag haft kontakt med Tommy". Där satt den, tänkte spaningsledaren, måtte det bara höras på bandet. De satt tysta en stund, Börje såg helt förkrossad ut. "Om vi går den vanliga vägen med att häkta dig och väcka åtal för mord kommer stadsministern bara att förneka sin inblandning och du kommer att få tillbringa de närmaste femton åren på Hall, och han går fri" sade Tore. Sedan fortsatte han; "Detta är ett politiskt mord och det handlar i slutänden om rikets säkerhet, därför har jag ett förslag som jag tycker att du skall överväga noga". Sedan redogjorde han för att om Börje i fortsättningen kunde hålla polisen informerad skulle det till och med kunna bli så att han i slutänden skulle kunna frias helt, men det fordrades att han samarbetade fullt ut. Börje satt tyst en lång stund. Det kan till och med bli så att du i slutänden kommer att betraktas som den omutbara politikern som fäller en korrupt stadsminister och blir något av en hjälte sade Tore. Börje brottades antagligen med sitt samvete och sin lojalitet till stadsministern. Men lojalitet är inget utmärkande drag för en politiker så han nickade och mumlade "Ok". Då gör vi så att vi håller kontakt och när du har något som du tror kan vara av intresse för oss ringer du det här numret, men du säger bara att du ringt fel så träffas vi nedanför slottet en timme efter att du har ringt. Det är viktigt att ingen får reda på vad som pågår, det har redan begåtts ett mord.

När spaningsledaren åkte hem hade han dåligt samvete för att han sagt att Bengt skulle kunna frias helt, så var det naturligtvis inte men vad gör man inte för att få folk att prata. När han körde hem lyssnade han på bandet och konstaterade att allt kommit med, han log förnöjt och tänkte "tur man inte är sosse".

Kapitel 17

Nästa dag träffades spaningsledaren och polischefen i dennes arbetsrum och lyssnade på inspelningen. "Klockrent" sade Arvid, nu kan du släppa det här så länge så återkommer jag efter att ha pratat med överbefälhavare Wrangel.

Sveriges försvar består av 8500 officerare och 5700 soldater och underofficerare och ungefär lika många civilanställd personal. Den enda uppgift de egentligen kunde lösa var att gå högvakt på slottet. Chef för denna imponerande försvarsmakt var överbefälhavare Wrangel. Han var ny i sitt ämbete och ansågs tidigare för att ha varit en "hök", Anledningen till det var att han till skillnad från sin föregångare inte fokuserat sig på att minska försvaret utan tvärt om arbetade för att utöka det. Han hade också fått genom en typ av frivillig värnplikt som resulterade i att han nu hade ytterligare 3000 man som höll på att utbildas utöver de som redan fanns. Wrangel var en stilig karl i femtioårsåldern som med sitt silvergrå hår och väderbitna ansikte såg ut som hämtad ur försvarets värvnings broschyrer.

Han hade börjat sin militära bana på I14, ett nu nedlagt regemente som låg i Gävle. Han steg snabbt i graderna och var en tid förlagd i Afghanistan, en tjänstgöring som också påskyndade hans karriär. En tid arbetade han som rådgivare åt den förra överbefälhavaren men det skar sig för Wrangel var inte intresserad av att lägga ner försvaret. Han klassades då som "hök" och hans karriär verkade vara slut. Men när oroligheterna bröt ut och det blev uppenbart att försvaret i stort sett endast kunde gå högvakt blev politikerna plötsligt intresserade av honom och han fick ersätta den tidigare överbefälhavaren.

När rikspolischefen ringde och ville ha ett möte så snabbt som möjligt och antydde att det var helt informellt men att det gällde rikets säkerhet blev han nyfiken. De kom överens om att Arvid skull komma efter arbetstiden till ÖB s kontor vid Lidingövägen, han skulle bara anmäla sig vid vakten så skulle de eskortera honom till ÖB s kontor. När polischefen fördes till kontoret där Wrangel satt var det som att göra en resa i tiden, i korridorerna hängde målningar av strama militärer och historiska slag. Det var bilder från Sveriges stormaktstid när "Ärat vårt namn for över världen".

De skakade hand och satte sig vid ett arbetsbord som hade en karta över Sverige under en glasskiva. Efter lite artigt småprat om när de senast hade träffats tog Arvid fram allt underlag han hade om utredningen av mordet på tidningsredaktören inklusive inspelningen där Engman erkänt att stadsministern hade beställt attentatet. Han berättade hur utredningen hade utförts och Wrangel lyssnade utan att avbryta honom och när han pratat klart satt de båda tysta en stund, sedan sade Wrangel. "Jag skulle aldrig ha trott på den här historien om du inte haft bevis med dig". "Jag tror att allt handlar om det kommande valet" sade polischefen.

De etablerade politikerna har insett att SD vinner om de inte gör något, det gör att jag misstänker att flera av den politiska "eliten" är inblandade. Det jag är rädd för är att de har något jävelskap i beredskap om det verkar som SD skall gå mot en vinst på valdagen. Det var bra att du kom hit sade ÖB. Visserligen har vi inte mer militärer än poliser men skulle det bli frågan om någon typ av kupp måste politikerna vända sig till dig eller mig, det är vi som styr de väpnade styrkorna i Sverige. Min plan är att jag skall åtala de skyldiga efter valet, om inte de etablerade politikerna sitter kvar då blir det hela lättare, sade Arvid. Men om de sitt kvar då? Undrade Wrangel. Då vet i fan vad vi skall göra sade polischefen, men du skall veta att vi har en infiltratör i deras led så om de hittar på något jävelskap före valet får vi reda på det. Wrangel nickade och sade att han måste fundera på det som hänt och att de skulle träffas närmare valet, fram till dess skulle de bara avvakta och se vad som händer och alla ingripande skulle vänta till efter valet. Men i samband med valet skulle både poliser och militärer fungera som övervakare, de kunde alltid skylla på det spända läget. När de skildes kände polischefen en stor lättnad, på något vis hade Wrangel avlastat honom ansvaret.

Wrangel satt tankfullt kvar då polischefen gått och funderade på det han fått reda på. Slutligen reste han sig och gick fram till fönstret och tittade ut. Kunde man till hundra procent lita på polischefen? Han kände honom bara flyktigt så han beslöt att göra en kontroll och se om det fanns något skumt i hans förflutna. Kunde det vara så att polisen deltog eller kände till en förestående statskupp och ville neutralisera försvarsmakten. De papper och ljudband som polischefen visat honom kunde vara fejkade för att vilseleda honom. Han lyfte telefonen och ringde till Säpo.

*

Ramadan är en fastemånad som inträder varje år med en viss förskjutning. Under den månaden skall en troende muslim inte äta, dricka, röka eller ha sex under dygnets ljusa timmar. Det är vanligt att man efter mörkrets inbrott träffar vänner och släktingar och äter lite festligare än vanligt och umgås. Faktum är att muslimer köper mer mat under fastan än i vanliga fall. När fastan är över brukar det firas med olika festligheter i hemmen eller i muslimska föreningar. Under valåret inföll fastan under juli månad och det skulle firas med festligheter på bland annat Rinkebys torg. Det var tänkt att det skulle bli en stor manifestation och det skulle hållas tal både i Rinkeby och Akalla. Det var flera Imamer och Fi s nya partiledare som skulle hålla talen.

 Svenska kyrkan som märkligt nog var positiv till islam skulle delta i firandet med en demonstration där de gick från Rinkeby torg till Akalla center. Det var deras ungdomsförbund som anordnade marschen där de skulle bära plakat som välkomnade muslimer till Sverige. Det var där Sverre bestämt sig för att slå till. Han och några kumpaner från Fredsänglarna hade varit där och rekat och planerat hur tillslaget skulle utföras. En av anledningarna att de skulle slå till den dagen var att de visste att polisen skulle vara på plats, men i vanlig ordning skulle de hålla sig undan till de fått förstärkning och då räknade Sverre med att de hade lämnat platsen så då kunde blattarna slåss med poliser och militärer som säkert skulle kallas in.

Efter det träffade han Bengt som var hans sponsor, redogjorde för upplägget och fick klartecken och ytterligare 100 000 kr i kontanter. Resterande skulle han få efter tillslaget. MC gänget hade levererat två pansarskott, det var "kontrollanten" från MC klubben som kom med dem och han hade också instruerat hur de skulle användas. Pansarskotten var tillverkade av Bofors och kallades modell 86, de var ungefär en meter långa, och hade en räckvidd på tre hundra meter. Eldröret kastades efter att skottet avlossats. Staffan och var inte fullvärdig medlem i klubben. Han var rödhårig och lång mager så klubb västen såg ut att vara för stor. Han hade tidigare varit underbefäl men på något vis lyckats straffa ut sig. Att han inte var fullvärdig medlem berodde på att han inte varit med i MC gänget mer än ett år.

Han gjorde en demonstration av hur vapnet fungerade för de som kunde tänkas bli aktuella som skyttar. Sverre kände honom inte så de kom överens om att två man skulle medverka då skotten avlossades. Dels Staffan men också Dojan som Sverre litade på. Planen var att de skulle köra en bil med skotten i, sedan skulle de parkera längs den planerade flyktvägen. Därefter skulle de ha telefonkontakt med Sverre och få vidare

instruktioner när kravallerna började. Så när Sverre
och de andra huliganerna drog sig tillbaka efter tillsla-
get räknade de med att vara förföljda och då skulle för-
följarna stoppas med pansarskotten.

Det var annat som skulle ordnas också, tanken var att
de skulle gå med i marschen med plakat så de tillver-
kade tre skyltar med texten "ÖKAD INVANDRING",
"ÖPPNA GRÄNSER" och "MUSLIMERNA ÄR VÅRA
VÄNNER". Skyltarna var så gjorda att det yttre pap-
perslagret enkelt kunde rivas bort så ett annat budskap
visades.

Två dagar före det planerade tillslaget, som skulle in-
träffa på en söndag, samlade Sverre ledarna för de
olika firmorna i sin lägenhet, även MC kontrollanten
var med. Där gick de genom alla detaljer om hur de
skulle gå till väga. En fråga som diskuterades var be-
väpning. Sverre sade att det här kommer att bli rena
kriget så alla som kom skulle ha sina "tyngsta" vapen
med. Antagligen skulle kalabaliken börja med sten-
kastning, så alla som var med skulle också ha några
stenar i fikorna," i Rinkeby gillar folk att kasta sten"
sade Sverre. De beslöt också att ta med molotovcock-
tailar för att bränna bilar i området. Det var därför
lämpligt att ha en ryggsäck med där man kunde för-
vara den nödvändiga utrustningen. Efter genom-
gången gick hela gänget till Jägaren för att ta en öl,
Sverre bjöd. Det var första gången som firmorna sam-
arbetade. Men över några öl fann de varandra snabbt
och stämningen som från början varit lite reserverad

blev efter hand mer avspänd. De diskuterade det kommande tillslaget och utbytte erfarenheter.

Kapitel 18

Söndagen, som var första dagen efter ramadan, var en strålande högsommardag som fick människor att bära kortbyxor och sommarblusar. Redan på förmiddagen började det samlas folk på Rinkeby torg. Det var mest familjer, och olika stånd som sålde allt från kläder till godis hade slagits upp. Det var feststämning i luften för under själva ramadan höll sig de flesta inomhus under dygnets ljusa tid så nu var det skönt att komma ut och många hade picknick med familjen på olika grönytor i torgets närhet. Barnen sprang runt och lekte och föräldrarna höll ett vakande öga på dem. Marschen var tänkt att börja från torget klockan ett men redan vid tolvtiden var det många människor där. Det som var lite ovanligt var att det var mer svenskar utan invandrarbakgrund än vanligt. Det var i huvudsak unga män som kom från tunnelbanan i små grupper av två tre personer. Många av dem hade ryggsäck, som om de skulle ha picknick, och de var ofta tatuerade. Men de höll en låg profil och stod mest och rökte och några drack öl som de hade med sig. De stod en bit från folksamlingen och verkade mer intresserade av omgivningen än vad som hände på torget. I de olika stånden som var uppsatta pågick kommersen för fullt och det samlades mer och mer folk på torget. Några musiker hade börjat spela i ett hörn av torget och det samlades en grupp som lyssnade på dem, det var mest melankoliska låtar som spelades på flöjt och någon form av slagverk som var gjorda av bamburör. Det lät som om musikerna kom från Sydamerika.

Halv ett kom två polisbilar och parkerade ungefär hundra meter från torget, sin vana trogen lämnade de inte bilarna utan rapporterade bara att de var på plats. Anledningen att de stod så långt från torget var att det ansågs provocerande om de var på torget. Detta var ett av de förlorade områdena, en polisbil utlöste ofta bråk och kravaller. I Rinkeby lämnar man inte en polisbil obevakad för då är risken stor att den brinner upp. Det hade också kommit en bil från SVT som skulle föreviga de vänskapliga band som knöts mellan muslimer och kristna. Några tidningar var också där för att göra reportage, Aftonpressen som blivit förvarnade om "Att det kan hända grejer där" hade både en fotograf och en reporter på plats. Kvart i ett kom en buss med de kristna ungdomarna som hade skyltar och banderoller med sig. Det var ungefär lika många kvinnor som män och de samlades mitt på torget och en grupp muslimska ungdomar, mest kvinnor, slöt sig till gruppen.

De skilde sig markant från de svenska ungdomarna genom att de trots värmen hade svarta kläder och några hade burk. Även de hade plakat som prisade den eviga vänskapen mellan kristna och muslimer. En av de nyanlända unga männen ringde och sade bara "Nu kan ni komma" och en skåpbil med fyra unga män körde fram och tog skyltar med sig och gick och ställde sig i ledet som hade bildats, ytterligare fyra män som stått och väntat slöt sig till dem. Texten som stod på deras skyltar hyllade muslimerna. De som redan hade ställt sig i ledet blev förvånade för de kände inte igen de ny tillkomna demonstranterna. Men de blev lugna då de såg budskapen på deras skyltar. Längst fram i ledet gick två kristna ungdomar med trumma och cymbaler, tåget satte sig i rörelse.

Sedan hände allt snabbt, de tre skyltarna som huliganerna haft togs ner och pappret med hyllningstexten slets bort och sedan lyftes skyltarna med det nya budskapet. "STOPPA INVANDRINGEN", "STÄNG GRÄNSERNA FÖR MUSLIMER" och "MUSLIMERNA ÄR VÅRA FIENDER". Det blev först förvirring sedan började ett ungdomsgäng skrika och bana väg genom folksamlingen. När de kom fram till skyltarnas bärare, som nu var åtta stycken huliganer med knogjärn och batonger, blev de genast nerslagna och misshandeln fortsatte när de låg på marken. Deltagarna som mest var kvinnor skingrades och invandrarungdomar började kasta sten mot de kvarvarande demonstranterna. Det var startskottet för de tatuerade ynglingarna som stått i folksamlingens utkant. De tog på sig rånarluvor 0ch en skur av stenar kastades rakt in i folksamlingen, kvinnor skrek, barnvagnar välte och stånden revs ner så att varorna spreds på marken. Poliserna som skulle övervaka torget fann snabbt att de var för få för att ingripa, de kallade på hjälp av både poliser och militärer "Det är rena krigs zonen" ropade de i radion. Press och tv drog sig snabbt undan och filmade vad som

hände på avstånd. Torget hade förvandlats till ett slag-
fält, huliganerna misshandlade alla män de fick tag på
och snart var torget tomt på invandrare och endast
skadade och eventuellt döda låg blodiga på torget. Nu
började fas två, huliganerna tog fram sina molotov-
cocktailar som de haft i sina ryggsäckar och började
kasta in dom i lägenheter, affärer och bilar.

Sverre sprang runt och skrek bränn bara BMW och
Mercedes, det är knarklangarnas bilar. Det är oklart
om någon lyssnade på honom. Snart fylldes luften av
brandrök och sirener från polisbilar och brandbilar hör-
des. Plötsligt öppnades ett fönster på tredje våningen
och en pipa från något som troligen var en k-pist stack
ut. I villervallan var det ingen som såg det men när
första salvan kom blev det panik bland huliganerna, en
träffades och blev liggande i en blodpöl. De flesta satte
sig i skydd och några av huliganerna, som hade pisto-
ler, sköt mot fönstret. Men skytten i fönstret sköt korta
salvor och tvingade huliganerna att ligga i skydd.
Brandbomberna gjorde att en svart brandrök spred sig
över området. Fortfarande hade inga poliser eller sol-
dater visat sig, de som var på plats höll sig undan och
väntade på förstärkning. Det började samlas män som
fått nytt mod när de såg att inkräktarna var under eld,
läget började bli kritiskt för angriparna. Från sin plats
två hundra meter från torget hade Dojan och MC Staf-
fan gömt sig i ett buskage i väntan på att avfyra sina
pansarskott för att stoppa förföljarna. De hade kommit i
bil och parkerat en bit från torget, där hade de suttit
och väntat på att Sverre skulle ringa. Men det kom

inget telefonsamtal så när kalabaliken bröt ut hade de sprungit till den överens komna platsen med var sitt pansarskott. De såg nu vad som höll på att hända så Staffan osäkrade sitt skott, fällde upp siktet och siktade länge samtidigt som han mumlade "klart bakåt". Eldkvasten som slog ut bakåt tände eld på buskarna bakom dem. Och pansarskottet flög som ett glödande klot över torget och in genom fönstret där skytten låg. Effekten var fruktansvärd, fönstret var öppet så projektilen detonerade när den träffade första innerväggen och hela lägenheten blåstes ut, skytten som satt vid fönstret kastades ut genom det öppna fönstret av tryckvågen som kom inifrån lägenheten och han föll ner på gatan med brinnande kläder och blev liggande orörlig. Lägenheten började brinna och det slog ut eldsflammor genom fönstret. Staffan flinade belåtet och sade "Vilken vig rackare, en volt från tredje våningen". Dojan undrade var Staffan lärt sig skjuta så bra med pansarskott, var han instruktör i det militära? Han förstod i alla fall varför MC gänget skickat Staffan som kontrollant. Först var det dödstyst sedan jublade angriparna och invånarna drog sig förfärat tillbaka. Angriparna blev segerrusiga och brännandet av bilar tog fart igen. Sverre sprang runt och skrek "Nu drar vi, snuten kommer snart". Men det var svårt att få med sig alla. De var så upphetsade att av sina framgångar att de ville stanna kvar och fortsätta bränna bilar och slå sönder fönster så det tog några minuter innan alla mannar var samlade. När de började gå längs Rinkebystråket mot Bromsten, den överenskomna vägen, hade invånarna samlats och närmade sig i en hotfull klunga. De var betydligt fler än huliganerna och det anslöt sig fler från de angränsande områdena, I huvudsak bestod klungan av unga och medelålders män, men det var också kvinnor i gruppen. De hade försett sig med olika tillhyggen i händerna som knivar och järnrör. Hotelse och förolämpningar på olika språk riktades mot huliganerna. Staffan frågade Dojan om han ville skjuta nästa skott, "Det är bäst du skjuter, du verkar kunna det" sade Dojan och Staffan log belåtet och osäkrade pansarskottet.

Kapitel 19

Klungan med huliganer var på väg mot Bromsten längs Rinkebystråket och de upprörda invånarna som kom från torget ökade takten för att komma i kap dem och hämnas. "Skjut för fan" skrek Dojan men Staffan var kall och väntade. De hade nu tagit skydd bakom en husknut och när förföljarna var ungefär hundra meter från platsen där de låg klev han fram och siktade länge mot folksamlingen som nu fick syn på honom. Några förstod vad han skulle göra men de flesta stod paralyserade och Staffan avlossade pansarskottet som träffade där han siktade, någon meter framför klungan. Resultatet var förödande, det såg ut som ett åsknedslag i folkhavet och kroppar och kroppsdelar flög genom luften, när röken skingrade sig var halva klungan utplånad och de andra låg orörliga eller försökte kravla sig från platsen. Pansarskottet som har en riktad sprängverkan hade slagit upp en krater i asfalten och asfalt och splitter hade slagit som en lie i folkhavet. Det hördes jämmerrop och en kvinna skrek hysteriskt. Till och med de förhärdade huliganerna var först tysta, sedan sade någon "Det var som fan". Staffan, som tydligen hade sadistiska drag sade: "Det är så man skall ta kamelryttarna, men det är nog läge att dra, vi har inga mer skott", så de började springa mot bilen och försvann i hög fart innan någon hann reagera. De övriga angriparna kunde nu lugnt gå till Bromsten där de hade bilar som väntade. De kunde höra sirener från Rinkeby torg och poliser och militärer omringade torget och började gripa yngre män som uppträdde hotfullt, för de trodde att poliserna och huliganerna samarbetade så kravallerna fortsatte och svart brandrök steg upp mot den klarblå sommarhimlen.

Hela eftermiddagen pågick sammanstötningar med polis och militärer. Till slut såg hela området ut som bilderna man får på TV från Syrien. Brandbilar, ambulanser och polisbilar åkte i skytteltrafik till och från Rinkeby, men invånarna som var chockade efter vad som hänt såg deras ingripande som ytterligare en attack från det samhälle som inte kunde skydda dem. De började kasta sten först på mediafolk sedan på polisen som försökte medla.

Till slut såg polisen ingen annan chans än att gripa stenkastarna. Då bröt kravaller ut på alvar och militärer som också kommit till platsen blev angripna av folkmassan. Militärer har ingen vana att hantera upprörtade folkmassor, något som Ådalen 31 vittnar om, de tappade besinningen när stora sten började hagla över dem. Det kunde bara sluta på ett sätt, en soldat träffades i pannan av en stor sten och föll medvetslös omkull hans kamrat som stod vid sidan öppnade eld med sin AK 4 och stenkastaren dödades ögonblickligen. Nu hade det samlats så många poliser och militärer att de kunde gripa och transportera alla som bråkade till häktet. De som var bosatta i området hade nu dragit sig in och polis och räddningsmanskap kunde äntligen släcka bränder och ta hand om skadade och döda.

Rinkeby var som en krigszon, tomt på gatorna och militärer och poliser som patrullerade och med högtalare uppmanade alla att stanna i sina hem. De första rapporterna om vad som inträffat var väldigt förvirrande. Reportrar som varit på plats hade bara sett en grupp ungdomar från området som rusade in i demonstrationståget, sedan hade kravallerna startat. Någon hade sett en grupp som lämnat torget och gått mot Bromsten, men vilka det var viste ingen. Som vanligt spred snabbt olika rykten, som det alltid gör när ingen vet säkert. Ett av ryktena var att det hade brutit ut krig mellan olika kriminella grupperingar i området. Ett annat rykte talade om ryska legosoldater som startat upploppen, för de hade haft tillgång till militära vapen. En expert i TV4 hade en teori om att det var militärerna och poliserna som var orsaken till att det bröt ut kravaller. Reportern påpekade att de kommit till platsen när oroligheterna redan startat, hur kunde de då starta bråket? Experten sade att de flesta i området kom från områden där poliser och militärer utgör ett hot, därför reagerade de aggressivt när de dök upp. Menar du att polisen inte skulle ingripa när de sköt på varandra med tunga vapen frågade reportern. I det läget måste de naturligtvis ingripa sade experten, som var stress psykolog. Men de borde försöka prata dem till rätta.

De flesta TV kanaler hade extra nyhetssändningar och helikoptrar flög över området och visade bilder som man bara var van vid att se från krigsskådeplatser. Pressen fordrade en presskonferens från polisen och

politiker, och sent på eftermiddagen hölls den i po-
lishuset på Kungsholmen. Polisens presstalesman
som, var en kvinna i trettioårs åldern, kunde i stort sett
bara konstatera att polisen inte hade en aning om vad
som hänt. "Men vi utreder det som hänt förutsättnings-
löst och vi kommer att informera press och TV så fort
vi har fått fram något". Men hon tillade att "Området
har varit utsatt för kravaller förut." På frågan hur
många som dödats och skadats sade hon att de bara
hade preliminära siffror som var 53 döda och över 200
skadade. Men dödstalet väntades stiga för många var
svårt skadade. På de resterande frågorna kunde hon
bara svara "att det får utredningen visa". Någon ställde
den raka frågan: "Har militärerna som var på platsen
skjutit någon?" Hon flackade med blicken och sade
"Det får utred….." Han som ställde frågan röt "Du kan
väl för fan svara på frågan, ja eller nej. Hon mumlade
något om "Vissa tecken tyder på det." En journalist
ställde frågan "Jag har hört att det skulle avlossats
pansarskott, stämmer det? "Utredningen pågår så jag
kan inte svara på den frågan" svarade hon. De närva-
rande reportrarna var arga för att polisen inte kunde
lämna mer information och den sista frågan var "Varför
kallar polisen till presskonferens när de inte lämnar nå-
gon information? På den frågan hade hon inget svar.

Senare på kvällen gick statsministern ut i en direkt-
sändning på TV1. Han var klädd i mörk kostym och
såg ut att inte trivas i situationen. Han började med att
säga "Att i denna stund sörjer hela svenska folket med
invånarna som bor i Rinkeby och har mist sina nära

och kära" han tittade på lappen som talskrivaren skrivit och fortsatte;" Men jag kan lova att de som angrep en fredlig demonstration skall få sitt straff." Sedan fortsatte han med att onda krafter i vårat samhälle vill ställa grupper mot varandra och skapa kaos. Men att i slutänden segrar alltid rättvisan, Sverige är en demokrati och skall så förbli. De flesta som såg talet på TV tyckte det var dåligt och oinspirerat, att han stakade sig flera gånger och tydligen läste samma stycke två gånger togs som ett tecken på ointresse. Han avslutade talet med att det som hänt var en väckarklocka för regeringen och att de nu skulle vidta "extra ordinära åtgärder" för att få kontroll över utsatta områden. Efter talet ropade en reporter vad innebär "extra ordinära åtgärder". Statsministern bläddrade i pappren som om han skulle finna svaret där, vilket han naturligtvis inte gjorde. Sedan sade han;" Regeringen skall tillsätta en grupp som får göra en utredning om vilka åtgärder som behövs för att återta förlorade områden."

De så kallade oppositions partierna med M i spetsen ansåg att ansvaret vilade på regeringspartiet som indirekt hade lämnat klartecken för demonstrationen i ett område som de inte hade kontroll över. Hon sade också att det var regeringens fel att militärer deltagit i aktionen, alla förstår vad som kan hända när en uppretad folkmassa skulle skingras av militärer med skarpladdade vapen. SVT som inte fått direktiv om vad de skulle säga och inte hade någon egen åsikt talade om högerextrema krafter i flummiga ordalag och nämnde katastrofen på Uttöja som exempel på vad de kunde åstadkomma. Vad kopplingen låg till Rinkeby fick tittarna aldrig veta.

Kapitel 20

SD s inre krets, som var de enda som visste vad som skulle ske, hade samlats i partiets lägenhet på Östermalm. Det var som att titta på en fotbollsmatch, de hade försett sig med jordnötter och chips. Storbilds TV stod på och nu väntade de bara på att "matchen" skulle börja. När de första bilderna från förödelsen i Tensta kom bröt de ut i spontana applåder. Glas höjdes och skålar utbringades, stämningen var på topp.

Hela eftermiddagen satt de och följde den dramatiska händelsen. Och de blev efterhand lite oroliga att hela operationen gått för långt och började tänka på vad som skulle hända om polisen lyckades finna deras inblandning i det hela. Men Jim lugnade dem, det finns ingen möjlighet att de skall finna något spår som leder till oss sade han. Även om de griper Sverre skulle han troligen inte prata, det har han aldrig gjort förut. Men om han mot förmodan skulle göra det så vet han inte ens namnet på den som lämnat pengarna.

Senare när de lyssnat på statsministerns tal höjde Jim glaset och sade skål för det sämsta tal han hört, de andra skrattade. Det där var exakt vad vi behövde sade den pressansvarige Bengt Sundholm, nu vinner vi valet. Under eftermiddagen har det bara rasslat in anmälningar från människor som vill gå med i partiet sade vice ordförande Jarl. Det ger en hel del klirr i kassan sade ekonomiansvarige Leif Bokvist. Den där Sverre är verkligen en duktig organisatör påpekade Jim, kan vi inte få med honom i partiet? Om vi vinner valet med 51% så gör vi honom till invandrarminister sade Leif och alla skrattade och en skål utbringades för Sverres Fredsänglar.

Allmänhetens reaktion på det inträffade var först skräck; har inbördeskriget startat? Sedan när det stod klart att det trots allt var ett lokalt "krig" övergick det till ilska och man frågade vad gör politikerna för att få stopp då detta vansinne? Det hade redan bildats flera medborgargarden och nu var tillströmningen större än den någonsin varit. De som anslöt sig eller bildade nya blev uppmanade att ta med vapen om de hade några som till exempel jaktvapen. Det påstods att polisen såg mellan fingrarna när det gällde vapen i händerna på medborgargardena.

Resultatet blev naturligtvis att det utbröt skottlossning på många ställen, särskilt i de förlorade områdena. I Göteborg blev en bil med medlemmar från ett medborgargarde beskjutna, som tur va blev ingen i bilen träffad. De sprang ut och en av medlemmarna hade en älgstudsare med sig. Skotten hade kommit från ett källarfönster så han sköt mot det och träffade en tolvårig pojke som av nyfikenhet tittade ut genom fönstret. Han hade skjutit på fel fönster. Tolvåringen dog genast och medborgargarde fick fly för att inte bli lynchade av de ursinniga invånarna i området.

Löpsedlarna skrek ut sitt budskap med samma storlek på bokstäverna som använts vid fredsslutet 1945. "FULLT KRIG I RINKEBY", "NU HAR INBÖRDESKRIGET STARTAT" och "RINKEBY OCKUPERAT". Bilder visade förödelsen runt Rinkeby centrum. Politikerna försökte överösta varandra då det gällde att skylla från sig. Att det bara var några veckor kvar till valet gav naturligtvis debatten ytterligare bränsle. Som väntat steg siffrorna för SD snabbt, samtidigt sjönk i första hand socialdemokraternas siffror drastiskt.

Anna Loof kom med en teori att det måste vara ryssar i samarbete SD som låg bakom attentatet. Ryssland svarade med; om det kom ytterligare anklagelse skulle de avbryta de diplomatiska förbindelserna med Sverige. Jim svarade på anklagelserna med att han skulle prata med sin jurist om de skulle resa åtal om ärekränkning, men först efter valet. Hennes eget parti belade henne med munkavel, i fortsättningen fick hon inte göra några uttalanden som inte var godkända av styrelsen. Det visade sig senare att hon tyvärr inte förstått vad de menade så hon fortsatte med konstiga uttalanden.

Polisen och försvaret fick också hård kritik, att en soldat skjutit en "oskyldig" stenkastare och att polisen suttit och tittat på kravallerna utan att ingripa ansågs vara en skandal. Polischefen påpekade att Sverige hade den minsta polisstyrkan i hela EU om man räknade med polis per capita, ansvaret för det låg hos den sittande regeringen. ÖB Wrangel intervjuades i TV1, han var känd för att göra sig bra i TV. När han fick frågan varför hade soldaten skjutit skarpt mot stenkastarna, blev svaret. "Som situationen var kände han sig hotad till livet, det låg en allvarligt skadad kamrat bredvid honom så det var hans plikt att vidta åtgärder för att förhindra att fler skadades, det gjorde han och han har mitt fulla stöd." Men kunde han inte bara skadat angriparen? Undrade reportern. "Det är lätt att sitta i en studio och säga, som jag sade tar jag fullt ansvar för det inträffade," sade Wrangel. Det var sådana uttalanden som gjorde att den nya ÖB n blev mer och mer populär hos allmänheten och de etablerade politikerna vågade inte kritisera honom för att inte tappa röster.

Polisutredningen gick trögt, många vittnen måste förhöras och vittnesmålen var ofta motsägelsefulla. En av angriparna hade blivit dödad av skytten som i sin tur dödades. Den döde identifierades som en känd och tidigare straffad fotbollshuligan. Poliserna antog därför att förövarna kom från deras kretsar. Det som talade mot det var att pansarskott använts, såvitt polisen visste var MC gängen de enda kriminella som hade tillgång till sådana. Men att fotbollshuliganer och MC banditer skulle samarbeta verkade inte troligt, det hade aldrig hänt förut. En annan sak som var konstigt var att angriparna hade varit så många. Det exakta antalet viste ingen. Men vittnesuppgifterna pekade på att det var 50 - 60 man. Så många medlemmar som var aktiva huliganer hade inte enskilda firmor, och att de skulle samarbeta verkade inte troligt för normalt låg de i krig med varandra.

Poliserna tog in både MC medlemmar och medlemmar i firmorna för förhör men de var förhärdade brottslingar så de ljög om allt och gav varandra alibi. Sverre solade sig i glansen och hans sponsor betalade utan att pruta ut den resterande delen av "sponsors pengarna", de var nöjda med hans insats och lovade att återkomma om de hade fler jobb på gång.

Sverre blev naturligtvis också förhörd, men det hade han räknat med så det kom inte som någon överraskning. Under den aktuella tiden när brottet begicks hade han suttit på Gröna Jägaren med sina kompisar, om de inte trodde honom kunde de fråga dem. Polisen suckade och sade att det hade de redan gjort så han kunde gå. Sverre flinade och sade "ärligt, det är väl bara bra att någon trycker dit de där jävla knarklangarna i Rinkeby?" Polisen, som var ganska ung, tittade sig omkring för att ingen skulle se honom, sedan log han instämmande.

När Sverre lämnade polisstationen tog han tunnelbanan till Medborgarplatsen och fortsatte till Jägaren där hans Kumpaner redan bänkat sig. Han var på gott humör och bjöd alla som var där på öl. Sedan kom eftersnacket om tillslaget, det visades filmer tagna med mobilerna och alla berättade om sina bravader och skratten avlöste varandra. Mest populärt var en filmsnutt som visade när pansarskottet avlossades mot fönstret och "blatten gjorde en saltomortal från tredje våningen ner på asfaltgatan", nya skrattsalvor. Dojan sade att den där rödhåriga MC killen var cool, skall vi inte fråga

om han vill vara med här. Det var ett förslag som all
gillade, så det skålade de på.

Kapitel 21

Statsministern var ursinnig, han gick fram och tillbaka i det lilla konferensrummet. Det var den grupp som tidigare träffats, förutom Lövner var Dan Björkman, Bata och Frigolin närvarande. De hade gemensamt beslutat att Anna Loof inte skulle vara med, för hon ansågs för labil. Statsministern slängde tidningen på bordet "Fullt krig i Rinkeby", just det som inte fick hända. "Jag varnade ju för det", sade Bata. "Vad skall vi göra nu" undrade Frigolin. "Vad tycker du själv", fräste stadsministern. Frigolin såg förvånad ut, han var inte van vid att någon ställde krav på honom att han skulle lösa några problem. Det är bara tio dagar till valet, sade statsministern, och den enda möjlighet vi har att undvika en katastrof är att valet blir ogiltigförklarat. Sedan har det här klingat av när det blir nytt val. "Hur skall det gå till", undrade Bata och knäppte nervöst på pennan hon hade i handen. Statsministern sänkte rösten och sade "Jag har en plan som kan fungera", sedan redogjorde han för sin plan.

När han var klar lyste Frigolin upp; "då får SD skulden" sade han belåtet. Lövner log listigt och påpekade att det var det fina i kråksången. Bata såg mer skeptisk ut; "det gick inte så bra förra gången", sade hon. Statsministern som inte tålde att få kritik påpekade att det visst fungerade, Kvällspressen höll en betydligt lägre profil nu, att det sedan skedde en olycka kunde ingen lasta

dem för. Hon lät sig övertygas om att få valet ogiltigför-
klarat var den enda möjligheten. När det beslutet var
fattat avslutades mötet och Stadsministern ringde sin
sekreterare Börje Engman. Han började samtalet med
att säga; "det jag nu ber dig om är oerhört viktigt och
socialdemokratins framtid hänger på att du lyckas".
När Börje fick höra vad han skulle göra blev han tvek-
sam men mumlade jag skall göra mitt bästa.

På den ryska ambassaden satt ambassadören olustigt
och tittade på en e-post han fått från Putins sekrete-
rare. Det stod bara "Vad pågår i Sverige? Vem har
startat kravallerna och varför? Svar så snabbt som
möjligt." Det hade fungerat så bra med cyber attacken,
deras nättroll hade lyckats över förväntan och SD s
siffrorna hade dalat stadigt enligt opinionsmätningarna.
Men efter "kriget" i Rinkeby steg deras siffror och hela
jobbet hade vari förgäves. Han hade redan talat med
kontakter han hade i polishuset men de verkade inte
veta mer än han. Men det fanns en man som han känt
länge som möjligen kunde veta något, han bläddrade i
anteckningsboken till han hittade numret. Sedan
ringde han och efter flera signaler svarade en skrovlig
röst "Dan Eliasson". Det var förra rikspolischefen som
fått sparken och nu jobbade på EU kontoret i Bryssel.
Klockan var halv åtta så Dan verkade inte nykter, det
gladde ambassadören för då skulle han lättare kunna
pumpa honom på upplysningar. Efter en del prat om
Dans nya jobb som EU samordnare, ställde ambassa-
dören frågan om vem som kunde vara den skyldige till
upploppen i Rinkeby. Svaret kom genast, "SD så klart",

sade Dan. Han hade visserligen inga bevis, men det kunde inte vara någon annan. Du har många kontakter inom polisen skulle inte du kunna höra med dem om det finns några konkreta bevis mot SD, sade ambassadören. Dan tänkte efter en stund sedan sade han. Vad får jag i stället om jag gör er den tjänsten? Ambassadören tänkte efter en stund sedan sade han du är i Bryssel hela veckorna och det måste vara ganska tråkigt att vara ensam, din fru är väl kvar i Stockholm? Dan bekräftade att så var fallet. Ok sade ambassadören, jag råkar känna en dam som bor där och som har samma problem. Jag skulle kunna prata med henne om hon kanske kunde komma och besöka dig. Dan tänkte efter en stund sedan sade han att det låter inte så dumt, vad heter damen? "Nadja" svarade ambassadören. Jag skall ringa runt och kolla med minna kontakter och se om jag kan få fram något, sade Dan. När ambassadören fått hans adress och lämplig dag när Nadja skulle kunna hälsa på så avslutade de telefonsamtalet. Två flugor i en smäll tänkte han, de skulle skicka en agent som skulle kalla sig Nadja, sedan kan hon kolla hans papper när han är ute. Vi skulle också kunna fotografera honom i komprometterade situation och i framtiden pressa honom på information som han kan få från EU.

Agenten som skulle kalla sig Nadja bodde inte alls i Bryssel utan hon fick snabbt flygas dit från Moskva. Hon var en erfaren agent som också var relativt vacker och som visat att hon hade "god hand med män". Inte för att hon såg fram mot att träffa Dan, men vad gör man inte för ett bra liv i Moskva.

Kapitel 22

Spaningsledaren Tore From som arbetat med utredningen av Aftonpressens redaktörs död, hade lagt ner utredningen på order av polischefen. I stället fokuserade han sig på att hålla kontakten med statsministerns sekreterare Börje Engman. Han behandlade honom som alla andra tjallare, den enda skillnaden var att han inte behövde ge honom pengar. Det märktes att sekreteraren var stressad av situationen han befann sig i, han hade säkert räknat ut att vad som än hände skulle han inte komma undan det som hänt med tidningsredaktören och då skulle hela hans tillvaro slås i spillror. Tore var rädd att han skulle göra något drastiskt, som att ta sitt liv eller försöka fly utomlands. Därför hade han en viss kontroll dels genom att tidvis skugga honom men också hans bankkonto var under bevakning. Om han tömde kontona kunde det tyda på att han tänkte avvika och då skulle han genast gripas. En dag ungefär en vecka före valet ringde Börje och sade att han hade något viktigt att berätta för spaningsledaren. Tore blev först arg, Börje skulle inte prata i telefon utan bara säga att han ringt fel och sedan skulle de träffas nedanför slottet.

Men nu träffades de i en park där de var säkra på att inte bli avlyssnade, de gick en stund under tystnad sedan satte de sig på en bänk. Efter att ha tittat sig runt för att se att de inte var bevakade så berättade Börje att han fått till uppgift av stadsministern att ordna tre säckar med valkuvert med SD s valsedlar i." Vad skulle han med dem till?" Undrade spaningsledaren. Sekreteraren skakade på huvudet och sade att det hade statsministern inte avslöjat för honom. Tore funderade en stund på vad det kunde betyda sedan frågade han vad Börje vad han trodde att de skulle användas till. "Jag tror att stadsministern tänker få valet ogiltigförklarat på något sätt," sade sekreteraren. Alla opinionssiffror pekar på att SD vinner valet, i värsta fall med mer än femtio procent. Om valresultatet tyder på det tänker han försöka få valet ogiltigförklarat. Hur, vet jag inte. Har du lyckats ordna säckarna, undrade spaningsledaren och sekreteraren nickade. På frågan var säckarna nu befann sig svarade han "I min bod vid radhuset, statsministern sade att jag inte fick ha dem i partiets lokaler". De skakade hand innan de skildes och spaningsledaren sade: "Du skall veta att jag gör allt som står i min makt för att du inte skall bli inblandad i det här". Han menade också vad han sade, sekreteraren hade hamnat i den här situationen bara för att han hade genomfört det hans chef, landets statsminister, sagt.

Det första Tore gjorde när han var tillbaka på kontoret igen var att söka upp polischefen och informera honom om samtalet. När han berättat färdigt blev det först tyst sedan bröt polischefen tystnaden:" Det var som fan," sade han. "Det här är större än vi kunde ana, man skulle kunna tro att vi var i någon bananrepublik som Colombia." Han reste sig och gick fram till fönstret och stirrade ut, sedan vände han sig till spaningsledaren och sade: "Det här har du skött bra, försök pressa sekreteraren på om han kan få fram vad säckarna skall användas till." När spaningsledare gått ringde han genast till ÖB och de kom överens om att träffas vid Sjöfartsmuseet efter jobbet. Det var en fin kväll så de tog en promenad ner till Djurgårdsbron och polischefen berättade vad han fått reda på, och ÖB lyssnade utan att avbryta honom. När han var klar frågade han vad han trodde att det betydde. När Arvid förklarat vad han trodde nickade Wrangel och sade att det inte går att tolka på något annat sätt. De satte sig på en bänk och Wrangel tog fram en anteckningsbok och sade. "Jag skall anteckna vad vi kan göra för att förhindra att det vi båda fruktar skall ske."

Redan följande dag tog Tore kontakt med sekreteraren och sade att de måste träffas på samma ställe som de träffats dagen innan. Sekreteraren, Börje Engman, såg klart stressad ut då han kom. Tore förklarade för honom hur viktigt det var att de så snabbt som möjligt fick besked om vad som skulle hända på valdagen. Om jag frågar om det kommer han att bli misstänksam och då blir jag bortkopplad helt, jag kanske till och med får sparken, sade Börje. Tore funderade en stund sedan sade han: "Du skulle kanske kunna fråga om det är något du kan göra under valdagen." Börje funderade en stund sedan sade han att det kanske skull kunna fungera, men han trodde inte att statsministern skull lämna någon information. De beslöt att ändå försöka

och Börje lovade att ringa så fort han frågat och infor-
mera Tore om svaret.

Det tog en dag innan sekreteraren fick tillfälle att ställa
frågan till stadsministern. När Statsministern fick frå-
gan tittade han misstänksamt på Börje och sade: "Var-
för frågar du det?" Börje ryckte på axlarna och sade
jag ville bara hjälpa till.

Kapitel 23

Slutspurten på valkampanjen var i full gång med endast fem dagar till valet. Det hade varit den smutsigaste valkampanjen i Sveriges historia. Och de vanliga frågorna om skola, vård och omsorg hade fått ge vika för den överskuggande invandrarfrågan och den ökade kriminaliteten. Det var naturligtvis något som gynnade SD. Det var också en konstig valkampanj där alla partier utom möjligen Moderaterna stod enade mot SD. M höll en lägre profil för att i framtiden kunna samarbeta med Sverigedemokraterna. Om SD inte haft en så duktig debattör som partiledare hade det varit svårt att bemöta alla påhopp. Men nu slog det tillbaka; den politiska makteliten försökte krossa ett parti som förde folkets talan. Statsministern själv kom med sådana pärlor som "folk är trötta på skattesänkningarna", det i ett land med världens högsta skatt. Att han sade så berodde på att han var övertygad om att om man sade en lögn tillräckligt ofta blir det en sanning. Tysklands propagandaminister under kriget hette Göbels. Han lär ha sagt att man kan få folk att tro på vilka lögner som helst, under förutsättning att de är tillräckligt grova. Det kanske var det som fick stadsministern att göra sådana uttalanden.

Liberalernas partiledare Björkman som mest satt och hånflinade inflikade "det går bra för Sverige nu". Något

som rinkebyborna hade svårt att ta till sig. Mest upp-
märksamhet fick centerns Anna Loof när hon sade
"Sverige har aldrig varit tryggare än nu", hon hade
glömt att hennes parti skulle godkänna hennes utta-
lande. Det fick hela församlingen att dra på munnen
och Jim frågade om hon möjligen läst någon tidning
det senaste halvåret. Då det gällde bostadsbristen på-
pekade statsministern att det aldrig har byggts så
mycket som nu. Men Jim visade med siffror att de bo-
städer som nu byggdes inte ens skull täcka behovet
för de flyktingar vi fått hit den senaste tiden. Det inne-
bär att svenska ungdomar som ville flytta hemifrån har
svårare att få bostad nu än de hade för fyra år sedan.

Inget svenskt val hade någonsin blivit så uppmärksam-
mat utomlands som detta. Amerikas nya president an-
vände Sverige som avskräckande exempel på vad
som kunde hända om man släppte invandringen fri. Is-
rael hade vägrat svenska utrikesministern att göra ett
officiellt besök på grund av hennes uttalande om Pa-
lestina. Även Norge pekade på Sverige som avskräck-
ande exempel. Finland hade tagit mot många flyk-
tingar men finnarna är ett handlingskraftigt folk, de
som fick avslag på sina asylansökningar fick omedel-
bart lämna landet och flögs tillbaka till de länder de
kom från. Jim påpekade att migrationsverket hade den
längsta behandlingstiden i Europa, och när någon fick
avslag på sin asylansökan så blev de inte hemskick-
ade direkt. Det resulterade i att de avvek och gick un-
der jorden, på så sätt bildades "parallella samhällen"
med brottslighet och utanförskap.

Det var en sådan asylsökande som fått avslag och gått under jorden, som låg bakom vansinneskörningen på Drottninggatan, som resulterade i fem döda och tretton skadade. När Jim begärde att få statistik på hur många som var födda utomlands som satt i fängelserna exploderade stadsministern. "Sådan statistik finns inte", sade han med hög röst. "Sådana som du vill ha det bara för att ställa grupper mot varandra". "Jag vet att du har förbjudit att sådan statistik redovisas" sade Jim, därför har jag på egen hand tagit fram det. Jag har helt enkelt ringt till alla fängelser. En del svarade inte men de flesta lämnade ut siffrorna mot att få vara anonyma. Han höll upp ett papper, 81% av de intagna är födda utomlands eller av föräldrar som kommer från andra länder. Jag tror inte på de siffrorna sade statsministern, jag vet att de inte stämmer. Hur kan du veta det sade Jim. Nyss sade du att den statistiken inte finns? På det hade han naturligtvis inget svar, utan han upprepade sitt mantra "SD försöker ställa grupper mot varandra." Jim begärde ordet igen. "Jag vet att statsministern har den statistiken för när jag ringde till alla landets fängelse sade de att den redan var utlämnad på begäran av regeringen, men statsministern mörkar resultatet för väljarna." Det blev tyst, till och med Björkman hade slutat att flina. Anna Loof sade förvånat; "är det så många". Statsministern kom av sig, men han ville naturligtvis inte erkänna att han mörkat något så han sade att han inte fått uppgifterna på sitt bord än, och han ansåg inte att de var viktiga. Jim

tyckte det var märkligt, för det var uppgifter som läm-
nats ut för en månad sedan, enligt fängelsedirektö-
rerna som han pratat med.

Kapitel 24

Rikspolischefen beslöt nu att läget var så kritiskt att fler måste känna till vad som pågick. Han ringde ÖB och han var av samma uppfattning. Men samtidigt var det oerhört viktigt att inget läckte ut, så de beslöt att ÖB och polischefen skulle inviga ytterligare en medarbetare och att de skulle sätta sig och gå genom vad som skulle ske på valdagen. De beslöt att de skulle träffas på ÖB s kontor med sina respektive medarbetare och gå genom alla förberedelser för valet. Anledningen till att de skulle träffas på ÖB s kontor var att försvarsmakten troligen inte läckte lika mycket som polishuset. När de träffades slog de sig ner runt bordet med Sveriges karta och Wrangel presenterade sig och sin medarbetare för poliserna.

För polischefens del var valet av medarbetare enkelt, han valde spaningsledaren som redan var informerad om det mesta som hänt. Wrangel hade valt en major Fredriksson som var operativ chef för amfibie soldaterna som var förlagda i Berga. Han var i trettioårsåldern, senig och solbränd, han gav intryck av att inte fördriva dagarna bakom ett skrivbord. När ÖB presenterade honom sade han att han behövde någon som kunde kommendera soldater och att det kunde bli skarpt läge redan om fyra dagar.

De började med att gå igenom allt som hänt för att de som tillkommit skulle bli uppdaterade. Sedan hade de en lång diskussion om vad som kunde inträffa på valdagen. De var överens om att målet troligen skulle vara att få valet ogiltigförklarat, genom att skjuta upp det några månader skulle "Rinkeby effekten" klinga av och vid omval skulle de etablerade partierna eventuellt kunna reparera skadan. Nästa fråga var vilka som var inblandade, var det enbart statsministern eller var alla partier utom SD inblandade? Det var omöjligt att finna svar på den frågan med den informationen de hade nu. Men en sak visste de och det var att säckarna med valsedlarna skulle användas till något och major Fredriksson kom med ett förslag som vann gehör hos alla. Om de fokuserade sig på säckarna så skulle de kunna slå till och ta förövarna på bar gärning då säckarna överlämnades till någon som var inblandad i komplotten. Det enklaste sättet var att placera en spårningssändare i varje säck och sedan ha sekreterarens förråd under bevakning.

 Spaningsledaren fick till uppgift att lösa den delen. Vidare beslutades det att både polis och militär skulle ha kuppberedskap under valdagen det var lätt att motivera efter Rinkeby kravallerna. Det innebar att inga militärförband i stockholmsregionen skulle få permission under den helgen. Slutligen sade överbefälhavaren att oavsett vad som hände under valet skulle det finnas ett behov av att gå ut i media, helst i TV1 och direkt informera allmänheten om vad som hänt. Han hade kon-

takter på SVT så han tog på sig den delen. Mötet på-
gick ytterligare en timme där olika detaljer diskutera-
des.

Tillbaka på stationen kvitterade Spaningsledaren ut tre
spårsändare från polisens interna förråd. En spårsän-
dare är i princip en mobil som ansluter sig till mobilnä-
tet och kan sedan spåras med GPS. Den är mindre än
en mobiltelefon för ljudfunktionerna finns inte, storle-
ken är ungefär som en tändsticksask. Batteriet som är
laddningsbart skall enligt anvisningen räcka tre dygn.
Han testade dem så han var säker på att de fungerade
sedan laddade han batterierna. Den sista veckan var
sekreteraren skuggad dygnet runt så det var lätt att
ringa och kontrollera var han var.

Fredag, två dagar före valet, åkte Tore hem till sekre-
teraren efter att denne kommit hem från jobbet. När
han öppnade slog det Tore att pressen satt spår hos
honom. Han var blek och pratade forcerat, hans fru
hade åkt till sina föräldrar så han skulle vara ensam
under valhelgen. Tore kände att sekreteraren luktade
sprit, men han sade inget utan han frågade bara "Har
det varit bråk"? Börje nickade och sade till honom att
komma in. De satte sig i soffan i vardagsrummet och
sekreteraren berättade att det varit trassligt i deras äkt-
enskap en längre tid. Den främsta anledningen till brå-
ket hade varit att sekreterararbetet var ett jobb som
pågick tjugofyra timmar om dygnet, stadsministern
kunde ringa vid tiotiden en lördagskväll och begära in
uppgifter som han genast skulle ta fram. Han hade
ingen fritid men det här som hänt nu var droppen som

fick bägaren att rinna över. Hans fru ville ha skils-
mässa. Tore nickade förstående och frågade om han
sagt något till sin fru om det inträffade. Sekreteraren
skakade på huvudet, och det är antagligen en anled-
ning till att hon lämnat honom. Det blev tyst en stund
sedan sade spaningsledaren " Efter valet är helvetet
för dig över, lova att inte göra något dumt", sekrete-
raren nickade. Anledningen att jag kom hit är att vi vill
ta ett kuvert från varje säck för att jämföra dem med
originalen. "Det är original" sade sekreteraren, det är
jag som tagit fram dem. Jag vet det sade spaningsle-
daren men vi vill ha bevis. Har du förresten fått någon
information om vad som skall hända med säckarna?
Börje nickade, på söndagsmorgonen kommer någon
jag inte känner och hämta säckarna sade han. Det är
den enda information jag fått av statsministern.

De gick ut till förrådet som låg bredvid ingången till
radhuset. Säckarna var svarta plastsäckar av den typ
som man samlade sopor i. Alla var halvfulla med val-
kuvert och spaningsledaren grävde i alla säckarna
som för att få ett kuvert från botten samtidigt släppte
han spårningssändaren som han haft i handen. Antalet
kuvert var omöjligt att gissa och han undrade var sek-
reteraren fått tag i dem men han ville inte stressa ho-
nom ytterligare så han frågade inte. Innan han gick tog
han Börje i handen och sade "Det kommer att gå bra
för dig och det är tack vare dig som detta bedrägeri
uppdagas." Sekreteraren såg tacksam ut och Tore
tyckte sig se att hans ögon var fuktiga. När han körde
därifrån kände han ett obehag över att ljuga. Men han

kunde inte ta några personlig hänsyn när rikets framtid var hotad.

Kapitel 25

Valdebatten var nu inne i sitt slutskede och de etablerade partierna försökte på alla sätt misstänkliggöra SD och dess partiledare. Det gjorde att debatten i huvudsak handlade om invandrarfrågor, något som gynnade SD. Det var konstigt att de inte fokuserade sig på sin egen politik, det hade de säkert tjänat många röster på. Men det verkade som de olika etablerade partierna helt tappat tråden. Debatten lät ungefär så här:

Statsministern:" När Jim Åkerman gick med i SD var det ett nazistparti med naziflaggor i bakgrunden."

Jim:" När Sten Lövner gick med i socialdemokratiska partiet pågick fortfarande tvångssteriliseringar och det fanns ett rasbiologiskt institut" sedan lade han till; "så här kan vi raljera hela kvällen, men jag tror inte det är den typ av debatt lyssnarna vill ha." På den punkten var han överens med lyssnarna.

De styrda tidningarna försökte gräva fram så mycket negativt som möjligt om Jim och andra medlemmar i SD. De skrev bland annat att Jim fått sparken från sitt första jobb på grund av att han stal. Aftonbladet hade till och med på sin löpsedel "JIM ÅKERMAN FICK SPARKEN FÖR ATT HAN STAL." Det var en uppgift de hämtat från nätet och det var ryska troll som spridit

det på Facebook. Jim kunde bevisa att han var i sko-
lan då den påstådda stölden begicks och tidningarna
dementerade uppgiften i en liten notis på sida femton.
Men Jim hade tagit en löpsedel som han visade vid
den sista valdebatten och sade att det här är de argu-
ment som de etablerade partierna försöker vinna valet
på. Han kastade löpsedeln på bordet och sade "lögner
är det enda de etablerade partierna lyckats åstad-
komma de senaste fyra åren."

Riksdagsval inträffar var fjärde år i Sverige, samtidigt
omfattar valet landsting och kommuner. Hur valet skall
gå till styrs av vallagen.

För att rösta måste man ha fyllt arton år och vara
svensk medborgare. Varje kommun är indelad i valdi-
strikt och fyra valförrättare skall finnas i varje vallokal.
De är utsedda av kommunen, och de svarar också för
den primära räkningen av röster i distriktet. Den slut-
liga sammanräkningen utförs av länsstyrelsen. Valför-
rättarna var ofta lokala politiker som arbetade i kom-
munen och följaktligen gick i sina respektive partiers
ledband.

Vallokalerna öppnade Kl 08:00 och stängde Kl 20:00.
Sedan räknade valförrättarna rösterna och skickade
röstsedlarna till länsstyrelsen som gjorde den slutliga
uträkningen och meddelade resultatet. Det innebar att
resultaten från de olika valdistrikten började komma ef-
ter klockan 20:00. Först ut är de små valdistrikten. Det
som var nytt vid detta val var att Expressen hade satt
"valdatorer" i tio vallokaler. Där kunde människor som

lämnat sina röster ange på datorn hur de röstat, det hela var helt frivilligt och de som röstade var anonyma. Det var första gången detta system användes och det rådde skilda meningar både om det var moraliskt rätt, det kunde till exempel göra att "soffliggare" gick och röstade om valet verkade gå åt fel håll. En annan fråga var hur pålitligt systemet var, kanske var de så att parti som unga människor valde använde sig av valdatorn och på så sätt påverkade resultatet. Under valdagens gång kunde man gå in på datorn och momenttalt se hur valet gick och det visade sig i efterhand att många hade gjort det.

Valdagen var en vacker sensommardag med strålande sol. Det förväntades att det skulle bli ett stort valdeltagande för de flesta ansåg att det skulle bli ett ödesval, något i stil med det amerikanska valet där Trump oväntat vann. Flera TV kanaler hade direktsändning, även CNN bevakade valet. De olika partiledarna tillbringade en stor del av dagen i sina respektive partihögkvarter. Statsministern hade planerat att följa valet i "valdatorn" och om det verkade gå för bra för SD skulle han sätta sin plan i verket.

ÖB hade satt all förband i stockholmsregionen i kuppberedskap. Det innebar all alla skulle vara på sina förband och ha utrustning och vapen klara för omedelbar insats. Han hade också varit i kontakt med SVT och begärt att en studio i tv huset på gärdet skulle vara klar att gå ut i sändning under valdagen. Han angav att det mest var i övningssyfte, men att störningar i samhället lätt kunde uppstå i samband med det uppskruvade valet. De inkallade militärerna var missnöjda över att sitta på logementen och vänta en så vacker höstdag, men samtidigt anade de att något speciellt skulle hända så det var samtidigt lite spännande.

Kapitel 26

Statsministerns sekreterare Börje Engman arbetade sent på kvällen dagen före valdagen. Som sekreterare hade han mycket som skulle göras då det gällde praktiska frågor runt själva valet. Han skulle se till att det fanns förfriskning för de som deltog i valvakan tillsammans med statsministern. Det skulle finnas blommor att ge till stadsministern om de vann valet, det var tusen saker som skulle klaffa och ansvaret låg på honom.

Men den främsta anledningen att han satt kvar var att när han jobbade kunde han glömma den situation han befann sig i. Han hade grubblat mycket på vad som skulle hända under valdagen. Att stadsministern på något sätt skulle ställas till svars för vad han gjort var han säker på. Men vad skulle hända med honom? Han var inte dummare än att han förstod att den utlovade "amnestin" för hans del endast var ett sätt att få honom att samarbeta. Han hade tittat på nätet vad straffsatsen för medverkan till mord var och det verkade som straffet med förmildrande omständigheter skulle hamna på kanske fyra år. Att sitta inspärrad fyra år med en samling knarkare och banditer var en outhärdlig tanke. Om han nu överlevde det skulle han komma ut när han var trettiotre år. För alltid bojkottad från den politiska världen som han arbetat med sedan han var tonåring. Han skulle inte ha några kontakter att vända sig till, han skulle vara en arbetslös nolla.

En annan anledning till att han satt kvar på jobbet var att han kände att han inte hade något hem att åka till. Relationen till Sandra som var hans fru hade börjat försämras när han blev sekreterare åt stadsministern. Han hade tvingats att vara i tjänst tjugofyra timmar om dygnet, till och med semestrar hade han tvingats avbryta för att ställa upp när chefen ringde. För en vecka sedan hade hon flyttat till sina föräldrar som bodde i Danderyd och de hade inte pratat ens i telefon sedan hon flyttat.

Klockan hade hunnit bli åtta och han var ensam kvar på kontoret så han beslöt sig för att trots allt åka hem. Han körde planlöst och lyssnade på bilradion medan han funderade på framtiden. En tanke som slog honom var att bara hämta passet och köra söderut för att komma bort från allt. Men han släppte den tanken, vart skulle han ta vägen? Vad skulle han leva av och i dagens digitala samhälle skulle han spåras så fort han använde visakortet.

Han upptäckte att han var vid Brommaplan och svängde in vid en grill och köpte en korv med mos. Han hade ingen lust att laga mat hemma, men korven och moset var smaklöst så han åt bara hälften och började köra hem, klockan hade blivit tio och han skulle bli tvungen att gå upp tidigt på valdagen.

När han öppnade dörren till sitt radhus slog en unken doft mot honom, han hade inte tömt soporna på flera dagar och disken stod odiskad i diskmaskinen. Men han orkade bara inte börja städa, utan gick rastlöst runt i huset. Trots att han varit uppe länge var han inte trött bara rastlös. Han tog fram en whiskyflaska och satte sig i vardagsrummet med ett halvt dricksglas av den bärnstensfärgade spriten. När han tog en klunk kände han värmen sprida sig i kroppen och han slappnade av. Om han bara kunde förmå Sandra att flytta hem igen skulle de kanske kunna börja om på nytt för de älskade varandra. Han märkte att glaset var tomt så han fyllde på det igen och fortsatte sedan fundera på hur framtiden skulle gestalta sig. Plötsligt slogs han av tanken att han inte ringt sin fru och talat om hur mycket han saknade henne.

Han grep telefonen och ringde till sina svärföräldrar, det gick fram flera signaler sedan svarade den han minst av alla ville prata med, svärfadern.

Svärfadern var direktör på ett transportföretag som låg i Lundas industriområde. Han hatade politiker, i synnerhet socialdemokratiska politiker. Han ansåg att politiker var en grupp människor som inget tillförde samhället något men som ändå skulle bestämma reglerna för dem som levererade, som han. Att hans älskade dotter och enda barn hade gift sig med en politiker ansåg han vara en stor olycka.

Rösten var skrovlig och han lär irriterad. Kan jag få prata med Sandra sade Börje kort." Vet du vad klockan är sade svärfadern". "Det är viktigt, jag måste få prata

med Sandra," sade Börje. "Är du full igen" sade svärfa-
dern och fortsatte "Du ringer klockan tolv på natten och
är full, Sandra har sagt att hon inte vill prata med dig
och om du ringer igen kommer jag att kontakta poli-
sen." Det hördes ett klick i telefonen när luren lades på
och Börje satt en lång stund och tittade på den tysta
telefonen han hade i handen. Sedan kände han hur tå-
rarna steg i ögonen och allt blev grumligt.

Han visste inte hur länge han suttit men plötsligt visste
han vad han skulle göra. Han hämtade väskan och tog
fram datorn som han ställde på bordet. Efter att ha fyllt
på ett glas whisky till började han skriva, allt hat till
stadsministern vällde fram, och fingrarna flög över tan-
genterna. Om han inte skrev detta brev var han säker
på att statsministern på något vis skulle kunna vältra
över ansvaret på honom. När han var klar hade det
börjat ljusna, och han avslutade brevet och körde ut en
kopia som han skrev under.

Han gick ut på altanen och såg solen gå upp, det var
för en gångs skull tyst och han kunde höra fåglarna
som hälsade den nya dagen. Det var kallt så han gick
in och hällde upp det sista i whiskyflaskan och tog yt-
terligare en klunk innan han gick ut i boden och häm-
tade ett rep.

När han kom tillbaka flyttade han bordet som stod un-
der kristallkronan som hängde i taket. Sandra hade fått
den i bröllopspresent av sina föräldrar och han visste

att hon älskade den. Försiktigt lyfte han ner kristallkronan och lade den i soffan. Sedan ställde han en stol under kroken som lampan hängt i.

Kapitel 27

Även polisen hade förstärkt bevakningen på många ställen och patruller låg i beredskap om oroligheter skulle inträffa. En grupp var fokuserad på att följa säckarna via en GPS sökare. Och två bilar med två personer i varje bil bevakade sekreterarens förråd. Att det var två bilar berodde på att det kanske var fler som skulle hämta säckarna.

Rikspolischef Lindström hade beslutat att inte delge statsministern misstankar om mord eller vållande till annans död förrän efter valet. Men han misstänkte att det skulle komma krav på omval så han måste vara beredd på att snabbt ingripa. Det han var mest rädd för var att någon inne i polishuset skulle läcka uppgifter till stadsministern. När hans telefon ringde och det visade sig vara Dan Eliasson blev han förvånad. Han var ingen nära vän till Dan och han hade aldrig ringt tidigare. Dan berättade att han var hemma från Bryssel men att han skulle åka dit på måndag. Anledningen att han ringde var att han ville veta hur fallet med redaktören som blivit mördad utvecklade sig. Efter som han var samordnare i Bryssel var det viktigt att han var uppdaterad. Polischefen anade ugglor i mossen, han hade aldrig litat på Dan och dennes intresse för utredningen verkade obefogad. Han berättade bara att de fortfarande inte hade fått fram någon misstänkt men han lovade att informera Dan så fort han fick fram något. Dan tackade och sade:" Om jag kan hjälpa till med något så är det bara att slå en signal".

De första indikeringarna på valdatorn kom klockan. 08:30, det var i början ganska intetsägande staplar i diagrammen. I början hoppade de upp och ner och det var svårt att få någon bild av hur det egentligen gick. Men redan vid tiotiden började bilden bli mer stabil. Det började utkristalliseras en bild av att det skulle bli SD s bästa val, men det hade all förväntat sig. I intervjuer med olika experter i TV påpekade de att det var väntat, SD hade de mest aktiva väljarna så de skulle sannolikt rösta mer via datorn än andra. De som var mest intresserade av att följa utvecklingen var naturligtvis de som satt på de olika partihögkvarteren. Miljöpartiet såg med stigande oro att deras stapel lyste med sin frånvaro, först vid halv elva tiden kom det en pytteliten stapel som inte skulle förändras mycket under dagen. Valfunktionärerna fick förklara flera gånger för Anna Loof varför deras stapel var mycket lägre än staplarna som representerade S, M och SD. I början var de tre staplarna ungefär jämnhöga men efter 13:00 började SD s stapel stiga i jämförelse med de två andra. Experterna kunde inte ge en vettig förklaring till det. Stadsministern som redan varit och lämnat sin röst satt som fastnaglad framför datorn. På SD s valkonvent var stämningen hög. Visserligen varnade Jim för att man inte skulle sätta så stor tilltro till valdatorn, men han hade en känsla av att de gjorde ett bra val. I moderaternas lokaler hade de inbjudna gäster som minglade, bland annat förra stadsministern men som det utvecklade sig ville ingen att han skulle intervjuas. Dels ansåg de flesta att han redan åsamkat partiet nog skada, dels var alla trötta på hans tjat om boken han skrivit.

Kapitel 28

Ryssarna följde valet on line och de blev inte glada när de såg att SD s röstantal började stiga. Men som det nu var kunde de inte påverka valet på annat sätt än att ge nättrollen uppgift att skriva att det hade förekommit valfusk. Deras tanke var naturligtvis att det så småningom skulle kunna leda till omval. När klockan var tre hade SD 32%, S 21% och M 20%, då beslöt Stadsministern att sätta sin plan i verket. Han ringde fyra telefonsamtal, det första till en ung man i socialdemokraternas ungdomsförbund, han fick bara order "nu kan du börja". De tre andra var till valförrättarna i tre olika vallokaler, till dem sade han bara "säckarna är på väg".

KL 15:30 kunde poliserna som vaktade förrådet hos sekreteraren notera att en hyrd skåpbil stannade utanför förrådet och hämtade alla tre säckarna, poliserna fotograferade det som hände och informerade poliserna som följde säckarna med GPS utrustningen att nu var det på gång. Båda bilarna började nu skugga skåpbilen, genom att turas om att ligga efter skåpbilen underlättades skuggningen avsevärt. Det första stoppet blev nära en skola som låg i Sundbyberg. Den del som användes som vallokal var matsalen och på matsalens baksida fanns en lastramp som var avsedd för utkörning av mat. Skåpbilen stannade nära lastrampen, där han inte var synlig från framsidan. Sedan tog han en säck och bar till lastrampen där han ställde den

och återvände till bilen. Poliserna såg att ynglingen var
klädd i overall antagligen för att han skulle se ut som
en fastighetsskötare, han verkade också nervös och
tittade sig ideligen omkring. Och poliserna lät honom få
ett försprång när han körde därifrån. De kunde via
radion få hans läge tack vare GPS en. Det som förvå-
nade dem lite var att ingen verkade komma ut och
hämta säcken. Därför måste de ha den under bevak-
ning till någon hämtade den.

En polis hoppade ur bilen och intog en position där
han såg dels säcken dels dörren som gick in till matsa-
len. Han var försedd med en kamera med teleobjektiv
för han skulle fotografera den som hämtade säcken.
Skåpbilen startade igen och nu gick färden till en skola
som låg på Södermalm. Samma mönster upprepades,
chauffören i skåpbilen ställde en av säckarna på mat-
salens lastramp och en polis placerade sig så han med
sin kamera kunde fotografera säcken och ingång till
matsalen. Nu återstod det endast en säck och färden
gick vidare söderut. Det verkade som chauffören i
skåpbilen var helt omedveten till att han kunde vara
förföljd, så poliserna antog att det inte var någon vanlig
kriminell. Sista anhalten blev en skola som låg i Hud-
dinge där den sista säcken lastades ut. Även där stan-
nade en polis för att fotografera hämtaren av säcken.
De två polisbilarna fortsatte förföljandet av skåpbilen,
efter att ha kört några kvarter stannade skåpbilen på
en parkeringsplats och poliserna såg att han ringde ett
samtal på sin mobil. Nu har han meddelat att uppdra-
get är klart, nu kunde de ta honom. De körde fram och

parkerade så de blockerade vägen för skåpbilen och
två poliser hoppade ur bilarna och visade sina polis-
brickor och sade att han skulle åka till Kungsholmen
för att förhöras. Ynglingen såg helt oförstående ut och
sade att han bara utfört ett uppdrag åt partiledningen.
Han grep sin mobiltelefon för att ringa ett samtal men
polisen vred den ur hans hand med orden "den tar vi
hand om." I fortsättningen gör du som vi säger, och vi
har inte sagt att du skall ringa någon."

Under färden till Kungsholmen satt ynglingen tyst och
såg ut att må dåligt. När de förde honom till arrestloka-
lerna började han protestera, "Jag gjorde det här för att
jag blev beordrad av partistyrelsen. Kontakta dem om
ni inte tror på mig", sade han. Ge oss ett namn som vi
kan ringa till så skall vi kontrollera om det stämmer
sade polisen som tagit över då han kom till Kungshol-
men. Den gripna chauffören tvekade, han hade antag-
ligen fått order att inte blanda in partiet om något gick
snett. Men när de började föra honom till cellen ropade
han "Stopp, här är telefonnumret till personen som
skickade mig", sade han. Det ligger i plånboken som ni
tagit. Polisen hämtade plånboken och fick lappen med
telefonnumret. Vi skall ringa och kontrollera men du får
sitta i cellen under tiden. Under protester låstes yng-
lingen in och polisen gav lappen till polisbefälet som
ledde operationen. Han ringde inte numret utan gjorde
en sökning på vem som hade det numret. Det visade
sig vara en viss Kennet Landrot som var ledare för so-
cialdemokraternas ungdomsförbund. Poliserna var

nöjda, nu var läget under kontroll så de rapporterade, det till Arvid. Nu kunde de gå vidare med sin plan.

Kapitel 29

När Statsministern fick telefonsamtalet att säckarna var levererade drog han en suck av lättnad, det var ett av de kritiska momenten. Nu skulle det nog fungera. Han ringde till valförrättarna och sade: "De är på plats, hitta dem 19:00." I polishuset följde polischefen utvecklingen, det verkade som om planen fungerade, frågan var bara vid vilken tid de "falska" valsedlarna skulle upptäckas. Han höll också ÖB informerad, Wrangel tog fyra beväpnade militärer och körde till SVT:s hus på Gärdet. I receptionen sade han bara att de skulle gå ut med ett meddelande, med det gick han med sin beväpnade eskort till den studio som han kommit överens med programchefen om. Han förklarade att han skulle gå ut med ett meddelande, men han kunde inte säga vad det var för det var sekretessbelagt. Programledaren lät sig nöjas med det, de beväpnade vakterna gjorde att han antog att det var något alvarligt som hänt. Wrangel passade också på att ringa till polischefen och be honom komma till TV huset så snabbt som möjligt. Det var viktigt att när han gick ut med sitt meddelande skulle polischefen vara med.

Klockan hade nu blivit 18:00 och röstningsdatorn hade stabiliserat sig med staplarna SD 38%, M 20%, S 18%, C 8%, MP 4%, L 6%, KD 4% och övriga 2%. Det var naturligtvis katastrofsiffror för den sittande regeringen,

det var katastrofalt för alla utom SD som fördubblat
sina siffror sedan förra valet. Men stämde siffrorna?
Olika experter kommenterade dom men ingen visste.
Stadsministern gick tidigt ut och sade att siffrorna inte
stämde, men han var känd för att alltid ha fel så det
tolkades mer som att siffrorna var korrekta. Egentligen
trodde han också på datorns siffror, annars hade han
inte genomfört sin plan. Nu låg både poliser och militä-
rer i startgroparna, de väntade bara på en order att in-
gripa. Kvart i sju ringde de tre poliserna, som beva-
kade säckarna med de falska röstsedlarna, och med-
delade att säckarna hämtats. Det blev startskottet för
poliserna, bilar åkte till på förhand uppgjorda platser
där de väntade på order att ingripa. När alla inrappor-
terat att de var på plats sade polischefen "OK nu kör
vi, rapportera när ni har säkrat er tillslagsplats."

Några minuter efter 19:00 begärde statsministern att få
gå ut i sändning. TV1 som redan var på plats kunde
snabbt påbörja sändningen. Han tittade alvarligt in i tv-
kameran innan han började prata. "Det har kommit till
min kännedom att ett misstänkt valfusk har avslöjats."
Han tog ett djupt andetag och fortsatte;" på flera plat-
ser har valarbetare funnit säckar med valsedlar som
tillhör SD. Vi vet inte för närvarande hur utbrett fusket
är men vi befarar det värsta. Det kan vara anledningen
till SD s höga valsiffror." Här gjorde han en intellektuell
saltomortal. Hur skulle SD kunna påverka datorns val-
resultat med falska röstsedlar? Han fortsätter, "jag har
sagt det förut och jag säger det igen, när man släpper
in partier med nazistisk bakgrund……..". Här uppstår

det ett tumult i lokalen och två poliser syns bakom
statsministern samtidigt som någon säger "stäng av
kameran, stäng av kameran sade jag," tv bilden
gungar till och det blir svart i rutan.

Kapitel 30

Det är svart i TV rutan ungefär en halv minut sedan kommer en blå bakgrund med texten "Tillfälligt avbrott". Efter ytterligare några minuter ändras texten till "Extra sändning inom kort." Det tar ungefär fem minuter innan sändningen börjar igen, och då är det från en studio i radiohuset. Bakom ett skrivbord sitter ÖB Wrangel och bredvid sitter rikspolischefen Björn Vinblad, båda ser mycket alvarliga ut. Wrangel tittar in i kameran och säger "från kl. 20:00 råder undantagstillstånd i hela Sverige, det är första gången sedan kriget som det har inträffat något så alvarligt att denna åtgärd måste tillgripas." Sedan vänder han sig till polischefen och säger; "kan du förklara situationen." Björn nickar och börjar tala: " Det finns två orsaker, den första är att stadsministern har anmält att det har förekommit valfusk polisen har gripit tre valarbetare och en kurir som kört ut falska valsedlar, alla har erkänt att de gjort detta på direkt order av partistyrelsen. Det är således Socialdemokratiska partiet som är ansvariga." Han låter orden sjunka in, sedan fortsätter han " Andra anledningen är att Sten Lövner är häktad som skäligen misstänkt för mord, alternativt vållande till annans död, på chefredaktör Emanuel Bergkvist." Han tillägger att fler arresteringar är att vänta. Och avslutar med att för närvarande finns det ingen statsminister eller riksdag. Här glider kameran över till Wrangel som bläddrar i

sina papper, sedan tittar han in i kameran och säger;"
Efter som riket nu saknar en legitim regering kommer
ÖB, alltså jag, och Rikspolischefen att styra landet till
en legitim regering kan installeras. Innan det kan ske
måste valfusket utredas för att se om nyval är nödvän-
digt. Samtidigt måste de politiker som deltagit i attenta-
tet mot chefredaktören lagföras och ersättas med nya
namn". Här gör han en paus och lägger från sig
pappren och böjer sig fram mot kameran fortsätter "
Sverige är inget land där militären tar makten, att vi nu
gör det beror uteslutande på den situation vi hamnat i.
Jag vill därför mana till lugn, fortsätt gå till jobb och
skolor som vanligt, en ny regering kommer att tillsättas
så fort det är möjligt." När Tv kamerorna slocknat vän-
der Wrangel sig till kameramannen och frågar "hur
blev det?" "Det såg bra ut", svarade kameramannen.
Sedan frågade han om det skulle bli mer sändningar.
Inte som jag vet nu, men ni skall från och med nu ha
en studio där vi kan gå ut med extrasändningar om det
behöv. Och jag kommer att lämna en stridsgrupp här i
TV huset om det skulle bli någon form av kupp. Men
nu har vi mycket att göra sade han till polischefen så
jag åker upp till staben, de närmaste dygnen kommer
jag antagligen att vara där. Arvid nickade och de åkte
med eskort till sina respektive stabsplatser.

Den natten var Stockholm sig inte lik, staden var upp-
lyst i stort sett hela natten. Människor ringde till
varandra och ville ha stöd och information. Vad skulle
hända nu? Kunde man gå till jobbet på måndagsmor-

gonen? Det var många frågor och de flesta följde dramat på radio och TV som sände hela natten. Militärfordon och polisbilar patrullerade gatorna och det var utegångsförbud.

Många började googla på nätet för att få svar på sina frågor. Och en vild ryktesspridning blev resultatet. Någon hade hört flygplan landa och skrev att landet höll på att invaderas. Personen glömde nämna att han bodde nära Arlanda. Landstigningsbåtar hade siktats utanför Gotland, senare visade det sig att det handlade om fiskebåtar på väg mot sin hemmahamn. Ljuset på ryska ambassaden lyste hela natten, alla arbetade för fullt för att få klarhet i vad som hänt. Även andra ambassader försökte utröna vad som hänt. De nordiska grannländerna höjde sin beredskap för de var inte säkra på om det inträffat en regelrätt statskupp. Visserligen hade de fått information om att så inte var fallet från Wrangel, men de tog det säkra före det osäkra.

För att stävja ryktesspridningen stängdes nätet slutligen ner under en period på femton timmar. Det visade sig i efterhand att det var ett dåligt beslut, alla som var vana vid att få svar på alla sina frågor via nätet stod handfallna. Nu blev de riktigt oroliga, något stort var på gång när till och med nätet släcktes. Var det verkligen en statskupp som inträffade? Nu hände något oväntat, människor började prata med varandra. För den yngre generationen var det en ny upplevelse att man kan kommunicera utan mobiltelefon. Många trotsade utegångsförbudet och gick ut på gatorna, poliser och militärer ingrep inte, och pratade med grannar och även sådana de inte kände.

Kapitel 31

Måndagen den 10 september verkade bli en fin höst-
dag och allt verkade som vanligt, människorna gick till
arbetet barnen gick till skolan. Men i själva verket var
allt förändrat, över en natt hade en av världens äldsta
demokratier förvandlats till en militärdiktatur. Det hade
gått så snabbt att den breda allmänheten inte fattade
det. Tidningarna och TV kunde bara referera till vad
som hänt kvällen innan. De visste helt enkelt inte vad
de skulle skriva. De hade under så lång tid styrts av
den politiska makteliten att de var en del av den. Nu
fanns den inte kvar och den "interimsregering," som
den sittande ledningen kallade sig, bestod av tre militä-
rer och tre poliser. Frågan var inte vad de skulle skriva
utan vad förväntade den nya regeringen att de skulle
skriva och så länge de inte visste det vågade de inte
ha några åsikter. Alla journalister hade i färskt minne
hur pressen behandlats i Turkiet efter kuppförsöket.

För polisens del hade det varit en hektisk natt, tio per-
soner hade blivit gripna och satt i polishusets arrestlo-
kaler på Kungsholmen och skulle förhöras. Alla arre-
steringar hade fungerat som planerat med ett undan-
tag och det var sekreteraren Börje Engman. Han var
inte närvarande vid valvakan och han svarade inte i te-
lefonen. Han var ett av de viktigaste vittnena så poli-
sen satte in alla resurser för att finna honom. En patrull
åkte till hans bostad men ingen öppnade då de ringde

på, de anade oråd då lyset var tänt i radhuset så de tog dit en låssmed som öppnade dörren. Polisen fan att han hängt sig i gillestugan, på bordet stod det en urdrucken whiskyflaska bredvid ett avskedsbrev. Det var ett streck i räkningen, men som tur var stod det en bekännelse i brevet där stadsministern pekades ut. Det första poliserna skull göra var att få statsministern att erkänna vilka mer än han som varit inblandade.

På kvällen kallade Wrangel till en presskonferens i polishuset. Alla journalister som hade möjlighet att ställa upp med så kort varsel var där, förutom Wrangel var Lindström också med. Båda såg slitna ut och journalisterna antog att de inte sovit under natten. Rikspolischefen började med att kortfattat redogöra för vad som hänt under natten. När han var klar räckte flera journalister upp händerna för att ställa frågor, som de var vana vid. Men de brydde sig inte om att besvara några frågor. I stället tog Wrangel till orda. "Den egentliga orsaken att ni är här är att jag tänker informera om hur samarbetet mellan interimsregeringen och pressen skall ske framöver. Som ni vet råder undantagstillstånd i riket, för att det inte skall uppstå ryktesspridning och oroligheter är det viktigt att pressen följer regeringens direktiv." Han tittar ut över församlingen och fortsätter," det innebär att allt ni skriver skall kontrolleras och godkännas av interimsregeringen." Det blir ett sorl bland journalisterna och någon ropar, "Har vi inte en fri press?" Nej, svarar Wrangel," När det råder undantagstillstånd finns det ingen fri press. Och de som bryter mot det kommer att lagföras." Med det avslutades presskonferensen och mediafolket tittade snopet på varandra.

Kapitel 32

Interimsregeringen hade beslutat att ha sitt säte i militärens högkvarter vid Lidingövägen, det fanns mycket tomma rum efter tjugo års nerskärningar. Det hade skickats ut direktiv att alla statliga och kommunala förvaltningar skulle fortsätta sitt arbete precis som före regimskiftet. Rikspolischefen satt kvar i polishuset på Kungsholmen. Wrangel hade kallat in hemvärnet för att utöka den militära närvaron, han hade också beslutat att de som var i hemvärnet skulle få marknadsmässiga löner för den tiden de var i tjänst. Press och TV hade fått direktiv att de inte fick göra politiska inlägg medan utredningen om vilka de inblandade i attentaten var. Det enda allmänheten märkte av det som inträffade under de första dagarna var att det var mer poliser och militärer synliga på gatorna. Interrimregeringen kunde dock inte styra nätet och det blev en explosion av inlägg på Facebook och Twitter. De flesta inläggen var positiva till den nya regeringen men det fanns också många som förfasade sig över att landet blivit en diktatur. FRA fick till uppgift att spåra de som var mest kritiska.

Under tiden arbetade polisen med utredningarna av valfusk och eventuella mordet på chefredaktören. Den viktigaste delen i den utredningen var att få stadsministern att ange vilka som var inblandade. Utdrag från förhöret:

Förhörsledaren hette Edvard Svan och han inledde förhöret med att tala om tid och datum samt vilka som var närvarande. Han själv, statsministern och dennes advokat.

Svan: - Du har bevisligen känt till säckarna med falska röstsedlar, vilka fler än du visste om det?

Sten (statsministern): - Alla partiledarna kände till det.

Svan: - Så du menar att SD var medvetna om de falska röstsedlarna?

Sten: - Nej de visste inte om det.

Svan: - Ange namnen på de som kände till de falska röstsedlarna samt attentatet mot chefredaktören.

Sten: - Hela det demokratiska systemet var hotat av det nazistiska partiet så de etablerade ………….

Svan stänger av bandinspelaren och säger: Svara på frågan, det här är inget valmöte utan ett polisförhör, han slår på bandinspelaren igen. Och upprepar frågan.

Sten: - Gunvar Frigolin, Ann Bata, Anna Loof, Dan Björkman och jag.

Svan: - Var det du som tog initiativet till attentatet mot chefredaktör Bergkvist.

Sten: - Det kan man inte säga, alla insåg faran med att ett nazistiskt…………..

Svan: - Svara på frågan.

Sten: - Det var snarare så att jag hade ett tryck på mig från de andra partiledarna att vidta åtgärder.

Svan: - Vem kallade till första mötet?

Sten: - Det var visserligen jag men då var det inget bestämt om vad som skulle göras. Själva iden kom från någon annan.

Svan: - Från vem?

Sten: - Det minns jag inte.

Sten verkade inte ha något problem med att ange sina medbrottslingar, men han tänkte antagligen delad skuld är halv skuld. Däremot var det omöjligt att få honom att erkänna vem som kommit med iden om både attentatet och röstfusket.

Men hans erkännande underlättade polisens arbete, alla han nämnde arresterades och förhördes. Vid förhöret med Bata sade hon först att hon inte förstått vad stadsministern var på väg att göra.

Förhörsledaren: - Var det någon som protesterade när stadsministern föreslog att redaktören måste stoppas.

Bata: - Det var ingen som protesterade för alla ansåg det viktigt att stoppa ett nazistiskt parti och ingen förstod vad som skulle hända.

Svan: - När redaktören var död var det ingen som reagerade.

Bata: - Det var en olycka.

Svan: - Ni förgiftade honom och lät honom falla i en rulltrappa och det kallar ni en olycka?

Bata: - Alltså, det visste vi inte då.

Hon visade ingen större ångest utan snarare självömkan för att hon åkte fast.

När Svan skulle förhöra Loof blev det inte så raka svar.

Svan: - Hur länge kände du till att det skulle utföras ett attentat mot chefredaktören?

Loof: - Jag visste inget om det.

Svan: - Du var med på första mötet, det var då det beslutades.

Loof: - Var jag med på första mötet?

Svan: - Vi har tre vittnen som intygar att du var med på första mötet.

Loof: - Märkligt, jag har inget minne av det.

Längre än så kom inte Svan när han förhörde henne.

 Pressen informerades om gripandena så snart stod det på löpsedlarna "FEM PARTILEDARNA ARRESTE-RADE". Det innebar också att skandalen växte. USA s president gjorde ett uttalande;" Sverige är Europas mest korrupta land." Interrimregeringen gick också ut med att de beslutat att stänga gränserna för alla flyktingar, beslutet skulle träda i kraft med omedelbar verkan. Anledningen var det spända läget i landet. Konstigt nog verkade de flesta anpassa sig till den nya situationen och efter några dagar flöt livet som vanligt igen.

Kapitel 33

För att få slut på bilbränderna i förortsområdena beslutades det att i de områden där det förekommit skulle det råda utegångsförbud mellan KL: 20:00 till 07:00. Patruller med poliser eller militärer patrullerade områdena och de som var ute greps och förhördes. Personalen som patrullerade hade nu helt andra befogenheter än förut för när det är undantagstillstånd gäller särskilda lagar, krigslagar, som är betydligt hårdare än den vanliga lagstiftningen. Fyra dagar efter valet bröt det ändå ut oroligheter i Akalla. Unga ligister trotsade utegångsförbudet och tände eld på två bilar. När patrullen, som bestod av hemvärnsmän, kom till platsen började kasta sten på dem. Patrullen svarade med verkanseld, två av stenkastarna dödades genast och en blev alvarligt skadad. Pressen fick direktiv att skriva; "En patrull som övervakade utegångsförbudet i Akallaområdet blev i går kväll överfallet av en grupp terrorister och tvingades att försvara sig med verkanseld, två terrorister dödades och en skadades svårt. Som tur var blev ingen i patrullen skadad." ÖB Wrangel berömmer deras insats och anser att ingen utredning behöver göras. "Grabbarna gjorde bara sitt jobb", som han sade.

Det fanns flera områden som polisen tidigare kallats "förlorade områden". Det var områden där poliserna blev attackerade av kriminella gäng när de varit där.

Man kan säga att det var områden där ligorna tagit över. Det hade varit en vagel i ögat på polisen, men den tidigare regeringen hade hindrat dem från att tillgripa de åtgärder som behövdes för att återta stadsdelarna.

Nu såg rikspolischefen en chans att ändra på det. Han kontaktade Wrangel och lade fram sin plan, ÖB gillade planen men ansåg att det var ett fel, det kommer att bli många arresterade, vi har inte plats för alla. Men, tillade han, jag vet ett ställe som skulle vara lämpligt. Det nedlagda regementet i Almnäs ligger mitt i skogen, där finns plats för flera hundratals arrestanter. Vi skall anpassa lokalerna så att vi kan utnyttja det som provisoriskt häkte. Bra sade polischefen då skall jag upprätta listor över olika områden. Listorna som gjordes för de olika "förlorade områdena" var sådana personer som tidigare gripits för narkotikabrott eller misshandel samt sådana som ansågs vara gängledare. När sedan poliserna gick in i de olika områdena hade de den listan för att gripa dem och föra dem till provisoriska arrester samt förhöra dem.

Under tiden fortskred utredningen och de olika partiledarna förhördes om sin delaktighet i det inträffade. De var politiker och inte skurkar i vanlig mening så det var ingen svår uppgift att få dem att tala. Och att skylla på varandra tycktes ligga i deras natur så det underlättade polisens arbete. Ann Bata försökte först slingra sig men när hon läst stadsministerns erkännande föll hon till föga och erkände under krokodiltårar. Frigolin

verkade först förvånad och kränkt av misstankarna, se-
dan försäkrade han att han varit helt passiv, som han
uttryckte det "jag har inge gjort". Det var något som
hela svenska folket kunde intyga, men det friade ho-
nom inte från anklagelserna. Dan Björkman hade äntli-
gen slutat hånflina, hans försvar var att det måste till
extrema åtgärder för att stoppa nazisternas fram-
marsch. Det fick förhörsledaren att dra på munnen och
säga "Med nassarnas egna metoder". På det svarade
inte Dan. Den svåraste nöten att knäcka för förhörsle-
daren var Anna Loof. Hon mindes inget möte där frå-
gan diskuterats, när förhörsledaren påpekade att hon
blivit utpekad av de fyra andra svarade hon vad kons-
tigt att alla fyra tagit fel. Förhörsledaren trodde först att
hon skojade men det gjorde hon inte. Hon såg bara
oförstående ut. Till slut gav förhörsledaren upp och
skrev i marginalen på förhörsprotokollet: "Sinnesunder-
sökning?"

Först gick partiledarnas talesmän i respektive parti ut
med att just deras partiledare var oskyldig och att de
var utsatta för en komplott men allt efter som erkän-
nandena kom tystnade de. Men de hade ett problem.
Om de valde ny partiledare var det ett erkännande att
den arresterade partiledaren var skyldig. Därför kom
de fem partierna överens om att vänta till efter rätte-
gången med att välja ny partiledare, ingen är skyldig
innan han är dömd. Det i sin tur gjorde att interimsre-
geringen fick sitta kvar längre tid än beräknat. På så
sätt hann de också göra förändringar som de ansåg

nödvändiga, för nu var det inga politiker som satt och bromsade dem.

Kapitel 34

Men det var egentligen inget problem eftersom den breda allmänheten märkte att det plötsligt blev lugnare och samhället började fungera bättre än före valet. Tidigare, före valet stod det om bilbränder, mord, upplopp och gruppvåldtäkter på löpsedlarna, det skapade oro i samhället. Nu var nyheterna: Gängledare gripen, terrorist utvisad, svenskt medborgarskap för återvändare dras in och alla som fått avslag på asylsökande skickas till sina respektive hemländer inom två dygn och under den tiden sitter de i förvar. Den typen av löpsedlar hade en lugnande verkan på den breda allmänheten. Att det var ÖB som styrde vad som stod i tidningarna hade naturligtvis inte läsarna en aning om. Visserligen var det många som skrev om det på nätet men ingen trodde på dem. Människor tror på det de vill tro.

Sverigedemokraternas inre cirkel var samlad och stämningen var hög. Pressansvarige Bengt Sundholm hade redan tryckt i sig ett antal groggar och var på prathumör. "Snacka om att skjuta sig själv i foten," skanderade han. "Den som gräver en grop åt andra faller själv däri", sade Jim och fyllde på sitt glas. Sedan fortsatte han, "Alvarligt talat grabbar, om det blir omval får vi garanterat över 50%." Frågan är hur skall vi få till ett omval, undrade Jarl, som var vise ordförande, sedan fortsatte han." Polisen skulle utreda om valfusket har påverkat valet och de har inte kommit fram med något än. Jim, du som är bra på att snacka, kan du inte prata med ÖB." Jim nickar och ser tankfull ut, sedan sade han." Vi måste kunna lova honom något men jag tror att det är honom vi skall prata med för han styr antagligen polisen också." Det blir tyst en stund sedan säger någon, Kan vi inte lova honom högre försvarsanslag? Vi skulle kunna lova honom att få samma summa som är anslagna till invandringen, det skulle innebära att försvarsbudgeten fördubblades. Vi använder pengarna, som är anslagna till invandringen, till försvar, förtydligade någon och Jim nickade. Då är vi överens sluddrade Bengt, som nu var kraftigt berusad, och höjde glaset till en skål.

När Wrangel fick telefonsamtalet från Jim om de kunde träffas "med anledning av den uppkomna situationen" som han uttryckte sig, svarade han genast ja men att han ansåg att rikspolischefen också skulle vara med och det hade Jim inga invändningar mot. De beslöt att träffas på Wrangels kontor, för där kunde de vara ostörda, efter arbetstidens slut vid sjutiden. När Jim anmälde sig i vakten hade han sin vise partiordförande med, det var av taktiska skäl för om motparterna var två så var det bra att de också var det. När de skakat hand och slagit sig ner vid bordet med den inglasade kartan över Sverige tog Jim till orda. Jag tycker att det känns tryggt att ni tagit över rodret grabbar. Eran insats i Akalla är värd all beundran. Wrangel nickade och sade att hemvärnsmännen kan man lita på, de vet vilka åtgärder som behövs för att få bort slöddret från gatorna och rikspolischefen nickade instämmande. Sedan fortsatte Wrangel med att berätta att SD var det enda riktiga partiet som de överhuvudtaget ansåg sig kunna förhandla med. Stämningen runt bordet var gemytlig och polischefen hällde upp kaffe åt dem alla. När det var klart frågade Jim om utredningen med valfusk var klar och om det var planerat något omval. ÖB tittade på polischefen och sade; det är bäst att Björn redogör för spanings läget. "Som det ser ut nu har vi inget som indikerar att fusket skulle påverkat valutgången. De tre säckarna med falska röster som beslagtogs hade inte räknats in i valet." "Men" sade Wrangel "jag tror att ett omval skulle vara gynnsamt för landet, och det finns några frågetecken om framtiden som vi fyra skulle kunna rätta ut". Alla nickade instämmande och tog fram papper och penna, nu kunde förhandlingarna börja.

Om vi säger att vi inte är säkra på om ytterligare säckar med röster kommit ut och påverkat valet, kan vi bestämma att det skall bli omval så har vi mer tid på oss att genomföra det vi vill ha gjort, sade polischefen. De andra nickade instämmande och Jim tänkte i sitt stilla sinne; "och då vinner vi en jordskredsseger" men det sade han inte. Wrangel påpekade att de enda som kunde ha något mot ett omval skulle vara de etablerade partierna. Jim log och sade att det är nog ingen i dagens läge som bryr sig om vad de anser. Det är inget bra förhandlingsläge att ställa krav när partiordförande skakar galler för landsförräderi och mord. De

andra skrattade och Wrangel sade att han och polis-
chefen skulle gå ut i TV med det meddelandet dagen
därpå. De skakade hand och skildes, alla var nöjda
med överenskommelsen.

Kapitel 35

Åklagaren hade beslutat att resa åtal mot sju personer och rättegången skulle innefatta alla åtalade. Intresset för den unika rättegången var stort i hela världen, det var första gången åtal väkts mot så många partiledare som fortfarande innehade sina tjänster. De som var åtalade var de fem partiledarna samt Tommy Lind och knarklangaren som ordnat drogerna åt Tommy. I en senare rättegång skulle de partifunktionärer som hade varit inblandade i valfusket åtalas. Åtalet gällde mord alternativt dråp eller "vållande till annans död." Alla åtalade politiker representerades av kända advokater och det var deras respektive parti som bekostade dem. Även Tommy hade råd med en bra advokat som han dock fick betala själv. Knarklangaren fick en advokat tilldelad av rättshjälpen. Förhandlingarna skulle hållas i Huddinge Tingsrätt där de bästa lokalerna fanns. Det ansågs att målet var av så stort intresse för allmänheten att förhandlingarna skulle vara öppna. Men intresset för rättegången var så stort att det också skulle sändas intern TV till en närbelägen lokal för att alla utländska tidningsreportrar skulle kunna få plats.

Medan staten förberedde rättegången pågick förberedelserna för att förvandla Almnäs nedlagda regemente till provisoriska arrestlokaler. Det var egentligen inte så mycket som behövde ändras. Logementsbyggnaden såg ut som alla logement såg ut på den tiden då Sverige hade ett försvar. Det var en korridor med fyra eller fem logement med 12 sängar i varje. Sängarna var typ tvåvåningssängar och de fanns redan på plats så det var bara att byta dörrar till logement samt dörren från korridoren till trapphuset. De nya dörrarna var av fängelsetyp med tittlucka så fångarna kunde övervakas. Alla logementens och korridorernas fönster försågs med galler och TV övervakning installerades. Fångarna skulle äta i den befintliga matsalen dit de skulle föras av beväpnade vakter. Staketet runt hela området byttes ut mot ett som var högre och TV övervakning längs staketet i kombination med strålkastare skulle försvåra rymningar. Hela området var avspärrat, varken press eller TV fick tillträde till de provisoriska arrestlokalerna. Wrangel fick frågan om hur länge lokalerna skulle användas och han svarade kort "så länge de behövs."

Det första förlorade området som skulle återtas var Akalla där de senaste bilbränderna anlagts. Ungefär fyra veckor efter valet spärrades hela området av med hjälp av militärer och polis. Tunnelbanestationer i området stängdes och inga bussar gick. En bil med högtalare åkte runt och meddelade att polisen skulle göra razzia i området och alla skulle hålla sig inne. Om de av någon anledning måste lämna området skulle de visa id handlingar i någon av kontrollerna som var upprättade vid in och utfarten till området. När området var säkrat gick grupper på fyra, fem beväpnade soldater ledda av poliser runt och sökte genom lägenheter efter

en lista som polisen upprättat. Det var kriminella gäng-
medlemmar, knarklangare och framför allt gängledare
som de var ute efter. När någon inte öppnade när de
knackade på slogs dörrarna in och lägenheten genom-
söktes. Även personer som inte kunde legitimera sig
greps och om någon försökte fly, och det var många,
greps även dom. De gripna som gjorde motstånd fick
handbojor och alla placerades i bussar som körde dem
till Almnäs. Sammanlagt greps 120 personer och över
hundra skjutvapen beslagtogs samt ungefär lika
många knivar. En hel del knark hittades också och två
lägenheter visade sig vara tjuvgömmor. Av de gripna
var åtta stycken efterlysta så de skickades vidare till
respektive polisstationer som sökt dem. Tio var pap-
perslösa invandrare som skulle utvisas så snart det
gick och femton var beväpnade och skulle rannsakas
för det. De som var kvar skulle förhöras om olika brott
som skett i området och som inte var uppklarade. De
skulle med andra ord sitta inspärrade i Almnäs arrest-
lokaler till de berättat sanningen. Det innebar att tolv
interner hamnade i samma lokal och det blev genast
bråk för de kunde tillhöra olika ligor som låg i krig med
varandra. Vaktpersonalen hade direktiv att endast gå
in på logementen när de var fler än internerna i re-
spektive logement. Så de blev många misshandlade
innan personalen hann ingripa. Men i stort sett blev
operationen en succé, någon vecka efter operationen
kunde polisen konstatera att Akalla aldrig varit så lugnt
som nu. Även i det så hårt drabbade Tensta var det
påfallande lugnt, anledningen var antagligen att de
flesta kriminella elementen hade dödats vid kravallerna

och att området nu patrullerades och misstänkta personer greps. Stenkastning mot polisbilar och militära fordon hade helt upphört efter skjutningarna i Akalla.

Kapitel 36

Sporrade av framgången beslöt man att gå vidare med att återta de förlorade områdena, Akalla hade bara varit en test för det var ett litet och begränsat område. Nästa som stod på tur var Rosengård i Malmö. Det var ett betydligt större område och en större utmaning. Om de lyckades rensa där skulle de kunna återta alla områden. Pressen, som var styrd av interimsregeringen, fick stränga direktiv att endast skriva positivt om insatsen i Akalla. De var sedan tidigare vana att endast skriva det som sittande regering dikterade, därför hade de inget problem med det.

I en direktsänd TV sändning där ÖB och polischefen informerade allmänheten redogjorde polischefen för utredningen av valfusket. Man hade kommit fram till att tre säckar med falska valsedlar påträffats, men det var fortfarande oklart om det funnits fler och det kunde i så fall ha ändrat valutgången. Här gick ÖB in och sade att det fria valet var något av en grundstomme för den svenska demokratin, därför skulle det ske ett omval så snabbt som möjligt för som han sade "Sverige är ett land som står för demokrati". Av praktiska skäl skulle datum för valet fastställas efter rättegången mot partiledarna. Partistyrelserna protesterade hos ÖB för om de skulle tvingas välja nya partiledare efter rättegången skulle de inte kunna ha en valkampanj om de inte fick minst ett halvår på sig. ÖB svarade bara "det

kunde ni tänkt på innan ni valde kriminella partiledare."
Nyvalet kommer att ske så snabbt som möjligt efter att
rättegången är klar, avslutade han.

SD låg inte på latsidan under den här perioden, de
hade nu mer tid i TV och pressen var beordrad att
skriva om dem. Insatsen i Akalla lovordades av Jim
och han sade att alla åtgärder som interimsregeringen
vidtagit låg helt i linje med SD s politik. I och med att
flyktingströmmen stoppats hade många poliser kunnat
frigöras för övervakning i problemområden. De andra
partierna som kallat honom nazist hade visat sig ka-
pabla till mord för att sitta kvar vid makten, det var nå-
got som de skulle tänka på när det var nyval. För en
gångs skull fick han inget mothugg av pressen. Det
hade blivit en stor förändring i pressens arbete. Det var
inte bara det att ÖB satt "munkavel" på dem, de för-
stod att när det blev nyval skulle SD vinna och då
gällde det att byta husse och gå i den nya ledningens
koppel.

Putin såg med oro på utvecklingen i Sverige. De upp-
gifter ambassadpersonalen fått från Dan gav inget, så
han beslöt att öka bevakningen av Sverige. Deras
kvinnliga agent, som kallade sig Nadja, som brukade
vara i Dan Eliassons lägenhet i Bryssel under veck-
orna hade gått genom alla Eliassons papper men inte
funnit något av värde så efter två veckor försvann hon
spårlöst. Det enda hon lämnade kvar var en cd som vi-
sade vad de sysslat med de senaste veckorna. Dan
förstod vad budskapet med cd skivan var. Den kvinn-
liga agenten sörjde antagligen inte att uppdraget var

slutfört. Eliassons skulle i framtiden bli en "sovande agent" för nu hade de medel att pressa honom på uppgifter.

Kapitel 37

När rättegången började satt de åtalade med sina respektive advokater längst fram i rättssalen. Kontrollen av de som lyckat ta sig in i lokalen var rigorös och metalldetektor användes för att kontrollera att ingen hade vapen med sig. De åtalade var bleka och verkade vara gripna av stundens alvar, utom Anna Loof som såg ut att trivas. Domaren, som var Sveriges mest erfarna domare som arbetat med brottsmål, var i sextioårsåldern och utstrålade mycket pondus. Han redogjorde kort för vad rättegången skulle behandla. Han menade att det eventuella mordet på chefredaktören samt försöket till att manipulera valet hängde samman men att knarklangaren och Tommy inte var misstänkta för delaktighet i valfusket. Av den anledningen skulle fallet med chefredaktören behandlas först och sedan skulle valfusket behandlas och då behövde inte knarklangaren och Tommy vara med. När båda rättegångarna var klara skulle domarna meddelas.

Åklagaren inledde förhandlingarna genom att berätta om de informella mötena som stadsministern haft och hur alla inblandade fått information om vad han avsåg att göra. Som bevis hade han självmordsbrevet som sekreteraren lämnat efter sig. Tommy var den som handgripligt förgiftat redaktören och knarklangaren var den som levererat den dödande drogen. Med tanke på den position de åtalade politikerna hade ansåg han att det inte fanns någon förmildrande omständighet utan han yrkade på dråp för Tommy och "stämpling till dråp" för politikerna. Knarklangaren som tidigare varit straffad skulle dömas till medverkan till dråp.

Försvararna byggde sitt försvar på att det inte framgått av sekreterarens brev att någon mer än stadsministern varit medveten om vad som skulle hända. Stadsministerns advokat kunde naturligtvis inte säga samma sak utan han försökte få till det att det var någon form av hämnd som sekreteraren skrivit så i brevet. Varför han skulle hämnas var det ingen, inklusive nämndemännen, som begrep.

Anna Loofs advokat hade en helt annan variant, Anna hade bara varit med på det första mötet och kände således inte till att valet skulle manipuleras. På det mötet hade hon inte förstått att det stadsministern föreslog var straffbart eller att någon kunde bli skadad, att hon hade en juridisk bakgrund glömde han nämna. Alla i rättssalen som såg henne insåg att det mycket väl kunde stämma. Han yrkade på frikännande för sin klient.

Tommys försvarsadvokat försökte göra en stor sak av att direktiven kommit från stadsministern och hans klient trodde att det var ett informellt regeringsbeslut som var sanktionerat. På sin höjd kunde han tänka sig att det handlade om vållande till annans död, något som har en mycket lägre straffskala. Knarklangarens rättshjälpsadvokat hade inte mycket att tillföra han ville bara att rättegången skulle ta slut.

Den första delen av rättegången varade bara tre dagar sedan tog rätten en dags paus. Den delen som behandlade valfusket fortsatte sedan och pågick ytterligare två dagar. Nu var Tommy och knarklangaren inte närvarande och Anna Loofs advokat ansåg att hans klient inte borde vara med heller, men domaren avslog den begära.

Pressen, särskilt den internationella, skrev spaltmeter om den pågående rättegången. Den svenska pressen höll en lägre profil och försökte bevaka rättegången utan att ta ställning för någon av parterna. Så läng de inte visste hur utfallet skulle bli gällde det att vara neutrala. De hade varit styrda så länge att de helt enkelt inte visste vad de kunde eller vågade skriva.

En amerikansk tidning hade rotat fram att statsministerns farfar varit aktiv nazist. De gjorde stor sak av det och visade bilder med statsministern anfader i full nazist mundering. Texten som stod under bilden beskrev en uppväxt i ett fascistiskt hem som i sin tur skadat Sten Lövner så till den grad att han blivit fullständigt hänsynslös och bokstavligen var beredd att gå över lik för att nå sina mål. Det var en egenskap som kanske gynnade hans karriär när han arbetade i metalls fackförening, men var en katastrof när han blev statsminister. Det var naturligtvis många sakfel i den amerikanska tidningsartikeln, men många läste den och en lögn blir sanning om de upprepas tillräckligt många gånger. En känd psykolog gjorde en analys där han beskrev statsministerns handlande som ett resultat av förträngda aggressioner som han fått från sin barndom. Att han alltid anklagat SD för att vara nazister styrkte den teorin. Han projicerade sina egna problem på andra. Det kom att kallas "ministersyndrom" i pressen.

Kapitel 38

Åklagaren slog fast att försöket att manipulera valet inte bara var ett brott i sig utan att det var ett brott mot demokratin. Att förövaren sedan hade den högsta befattningen i regeringen gjorde att det närmast kunde jämföras med högförräderi. Straffet för högförräderi är livstids fängelse och han kunde inte se några förmildrande omständigheter. Då det gäller de andra partiledarna så ansåg han att de medverkat, och av den anledningen gjort brottet möjligt. Deras andel skulle då vara medverkan till högförräderi men där fanns en förmildrande faktor, de hade inte tagit initiativet till brottet. När förhandlingarna var klara förklarade domaren att domen skulle meddelas om tre dagar, under tiden skulle samtliga åtalade sitta kvar i häktet. Det tolkade pressen som ett tecken på att det skulle bli fällande domar.

Ryktet om att Sveriges statsminister skulle fällas för landsförräderi spred sig snabbt och flera kända statsmän gjorde uttalande, presidenten i USA sade att "Sverige står som ett avskräckande exempel på att makteliten tagit över landet". Putin sade sig vara "orolig över utvecklingen i Sverige" några tolkade det som ett förtäckt hot. Många spekulerade om vad de åtalade skulle få för straff, den vanligaste reaktionen var att inget straff var nog hårt för de skyldiga. Wrangel som nu hade blivit en känd TV profil höll ett anförande i samband med att rättegången var slut. Han påpekade att det som hänt var fruktansvärt. Aldrig i Sveriges historia har en stadsminister blivit anklagad för valfusk och stämpling till dråp. Det var ett svart kapitel i Sveriges historia men för nationens del var det bäst om de kunde få till ett nytt val så snabbt som möjligt och gå vidare. Tysklands förbundskansler sade sig ha goda förbindelse med stadsministern och hon trodde att han blivit ett offer för populistiska krafter som ville fälla regeringen. Det väckte ett ramaskri i den tyska pressen och hon tog tillbaka det genom att säga "Men finner domstolen honom skyldig skall han givetvis straffas." Hon satt själv löst på posten så hon fick välja sina ord.

Så kom äntligen domen, det var dödstyst i salen och de åtalade fick resa sig upp en efter en då domarna förkunnades. Först ut var knarklangaren, han dömdes för medverkan till dråp och han fick sex års fängelse eftersom för han var straffad tidigare. Tommys dom blev fyra års fängelse för dråp. Sedan bad domaren Ann Bata, Gunvar Frigolin och Dan Björkman att resa sig upp. Deras dom blev medverkan till dråp och högförräderi. De hade dock inte varit drivande vilket var en förmildrande omständighet. Deras dom blev fyra års fängelse. Då det gällde Anna Loof ansåg juryn att hennes mentala status kunde ifrågasättas. Redan som partiledare hade hon gjort uttalande som införande av månggifte i Sverige samt att en lämplig mängd invandrare för landet var trettio millioner flyktingar. Det tillsammans med hennes uppträdande under rättegången gjorde att hon borde genomgå en sinnesundersökning. Om det visade sig att hon inte hade någon mental störning, rekommenderade juryn två års villkorligt straff. Om hon däremot hade sådana störningar borde hon få behandling för den.

Kapitel 39

Sist ut var statsministern, han var svettig och röd i ansiktet och det syntes att han var mycket stressad. Juryn hade funnit honom skyldig till båda åtalspunkterna stämpling till dråp och högförräderi så domen löd på livstids fängelse. Brottet ansågs särskilt alvarligt för han hade missbrukat sin makt som landets statsminister för att begå brotten. Sten Lövner vacklade till och var tvungen att sätta sig, han var likblek i ansiktet och hans stripiga hår var fuktigt av svett.

När domarna förkunnats började alla i rättssalen prata i telefoner och filmkameror surrade. Nyheten spreds snabbt över hela världen och det gick ut extrasändningar i både Svensk TV och CNN. Sveriges mest omdiskuterade rättegång var över.

Naturligtvis reagerade omvärlden på det som inträffat i Sverige. Norge som inte var med i EU men väl i Nato blev oroliga för nu var deras långa gräns en gräns mot det som nu plötsligt blivit en militärdiktatur som inte gjorde någon hemlighet av att landet skulle rusta och gränser stängas. De var också oroliga att den ökade jakten på kriminella och invandrare skulle resultera i att de försökte fly till Norge. Resultatet blev att de genast införde hårdare kontroll på alla som kom från Sverige. Det var nu ingen som försökte fly rättvisan i Norge och resa till Sverige så det var inget problem för den svenska gränskontrollen.

Finland som hade ungefär samma inställning till kriminalitet och invandring som den nuvarande svenska regeringen såg inget problem med de nya makthavarna i Sverige. Men även dom förstärkte gränskontrollen mot Sverige av samma skäl som Norge.

Man kan i efterhand säga att det var ödets ironi att den plan som de etablerade partierna hade, att få till en omröstning, för att de då skulle få en fördel och samtidigt sänka SD. Nu blev resultatet att det verkligen blev en omröstning men att det endast gynnade SD. Per Albin Hansson och Olof Palme skulle vända sig i sina gravar om de vetat hur det svenska folkhemmet skulle kollapsa och ersättas av en interimsregering som var ledd av militärer och poliser.

När resultatet av domarna blev klart kunde de partier som nu saknade partiledare börja söka efter lämpliga kandidater. Det största problemet var att hitta partiledare som hade ett fläckfritt förflutet men efter många turer lyckades de få fram nya kandidater, de flesta var från landsbygden, ofta med ett kommunalt förflutet. Det verkade som om de inte var så inblandade korruptionsskandaler som deras kollegor som verkade i storstäderna. Men de var naturligtvis inte så uppdaterade på frågor som inte rörde kommuner så de kom till korta i de valdebatter som föregick det andra valet.

ÖB Wrangel gick ut med ett nytt datum för omval som
blev nionde december, tre månader efter det första va-
let. De etablerade partierna klagade över det men
Wrangel slog fast att landet skall styras av en demo-
kratiskt vald regering så snabbt som möjligt. Samtidigt
fortsatte arbetet med att återta "förlorade område". In-
satsen i Rosengård blev en stor framgång, samtidigt
som de provisoriska fängelse och de vanliga arrestlo-
kalerna fylldes. Stoppet för invandring var fortfarande
kvar och då det gällde asylsökande som fått avslag
och gått under jorden så de skickade genast tillbaka
när de greps i olika razzior som nu var vanliga. Ruti-
nerna för de som fått avslag var nu ändrade, de sattes
i provisoriska häkten och skickades till det land de
uppgav att de kom från med flyg som regelbundet av-
gick från Malmö. Så kallade gatubarn, ofta kriminella i
trettioårsåldern från bland annat Marocko greps och
skickades till sina hemländer. Först vägrade länderna
ofta att ta mot papperslösa, men då Sverige drog in
alla biståndspengarna till de länderna ändrade de sig.
De papperslösa som vägrade uppge från vilket land de
kom från fick sitta i arrest till de plötsligt mindes var de
kom från och då skickades de tillbaka dit. Några upp-
gav fel land men det hjälpte inte, de skickades till det
land de uppgivit. Återvändare från kriget i Syrien greps
och sattes i arrest och deras svenska medborgarskap
drogs in innan de skickades tillbaka till Syrien. Även de
återvändare som var kända i Sverige behandlades på
samma sätt. Och resultatet blev att det inte reste några
till Syrien för att kriga och de som var där återvände

inte. Det var en utveckling som alla var nöjda med utom möjligen IS.

Kapitel 40

Genom att det greps så många i samband med rens-
ningarna i de förlorade områdena blev det problem
med platsbrist på både fängelse och arrestlokaler.
Wrangel och polischefen beslutade då att fångvården
skulle läggas ut på entreprenad på samma sätt som
skolor och äldrevård. En svensk fånge kostade unge-
fär sextusen kronor om dagen, genomsnittet i övriga
EU område var kostnaden ca tusen kronor om dagen.
Kriminalvårdsstyrelsen gick ut med en upphandling
och Polen vann med en kostnad på åtta hundra kronor
om dagen. Visserligen hade Bulgarien kommit med ett
lägre pris på endast tre hundra kronor per men det an-
sågs opraktiskt med de längre resorna, och standar-
den på de bulgariska fängelserna var sådan att det
kunde bli ett visst svinn på fångar, därför valde man
Polens anbud.

På så sätt kunde fångar med tidsbestämda straff flytt-
tas till Polen och lämna lediga platser i arrester och på
fängelser. Visserligen var komforten inte lika stor i
polska fängelse som de är i svenska men det skall
vara ett straff att sitta i fängelse som Wrangel sade. En
bieffekt var också att det inte kom kriminella från öst-
staterna hit för att begå brott för att få mat och uppe-
hälle i svenska fängelse. Det var ett antal fångar som
uttryckligen sagt att de begått brott i Sverige för att de
ville sitta i svenska fängelse, den så kallade IKEA

mannen var en, de var de första som skickades till Polen.

Det var bara en månad kvar till det nya valet när valkampanjen kom igång på alvar. Det märktes snabbt att de partier som inte hade medverkat vid valfusket plötsligt hade vind i seglen. Kommunisterna och KD gick kraftigt framåt, men det gällde naturligtvis inte Fi som leddes av en skattesmitare som gått i Måna Salins fotspår. Folk var helt enkelt trötta på myglande politiker. Mest framgång hade naturligtvis SD och alla väntade sig en jordskredsseger. De stora förlorarna var de partier som hade sina tidigare partiledare bakom lås och bom. Det politiska landskapet hade förändrats i grunden. Den valkampanj som föregick det andra valet blev väldigt olik den kampanj som föregick det första valet. De etablerade partierna kunde tidigare alltid, när argumenten tröt, påstå att SD hade rötter i nazismen, underförstått att de var kriminella. Det var ett argument som inte var gångbart när deras tidigare partiledare avtjänade ett livstidsstraff för dråp och valfusk.

Anna Loof genomgick en sinnesundersökning och det konstaterades att hon hade vissa störningar som gjorde henne olämplig som partiledare men att de inte var så alvarliga att hon skulle frikännas från den villkorliga domen. Centern fick således se sig om efter en ny partiledare och fick slutligen tag i en kvinna som varit lekledare i ett barnprogram i TV. Hon hade dessutom doktorerat i ämnet "Indisk yoga", därför ansågs hon ha

de kvalifikationerna som behövdes för att bli partile-
dare. Det var ett val som inte höjde centerns siffror i
opinionsmätningarna.

Putin var orolig för valutgången, han såg med ob0lida
ögon att det troligen skulle bli regimskifte i Sverige.
Han fortsatte med att låta sina nättroll bombardera Fa-
cebook med falska meddelande och desinformation.
Men av någon anledning var den typen av desinform-
ation mindre verksamt nu, anledningen var antagligen
att det var så mycket skräp och dumheter på nätet att
folk inte trodde det som stod där. Samtidigt satte han
sina agenter på att kontrollera bakgrunden för
Wrangel, Lindström och Åkerman. Det var de tre som
hade makten i sin hand ansåg han. Om han kunde
hitta några lik i garderoben skulle han kunna använda
det för att påverka valet. En annan sak som oroade
honom var att Sverige hade börjat upprusta, genom att
återuppta värnplikten hade de redan nu fördubblat an-
talet militärer. Vapenindustrin gick på högvarv för att
bygga fler Jas och militära övningar avlöste varandra.
Det var det scenariot som han minst av allt ville ha.
Han informerade sina agenter att de måste hitta något
som kunde spränga den trojka som nu styrde landet.
Den nya gasledningen som skulle byggas var en
chans att öka spioneri och påverka svensk politik. Ge-
nom att de nu fått tillstånd att disponera mark i Karls-
hamn skulle de lätt kunna smuggla in och ut agenter
samtidigt som avlyssningen i etern skulle bli bättre. Det
var något som på sikt skulle kunna ge stora fördelar.

Jim Åkerman lovordade interimsregeringens åtgärder och sade att Sverige redan är en bättre plats att leva på tack vare att regeringen vidtagit de nödvändiga åtgärderna. Något som den korrumperade tidigare regeringen inte lyckats med. Bilbränderna hade helt upphört och de förlorade områdena hade polis och militär återtagit. Antalet utvisningar ökade för varje månad och den nya chefen för migrationsverket sade stolt att Sverige nu utvisade de som fått avslag på asylsökande snabbare än Finland. En av de första åtgärder Wrangel hade genomfört var utbyte av chefer på migrationsverket. Man kan säga att ribban för att få asyl i Sverige hade höjts.

Arvid och Wrangel hade kommit överens om att när alla områden var återtagna skulle de ta tag i problemet med MC banditer. Genom att göra razzior hela tiden med maskerade poliser skulle de slå sönder deras verksamhet och samtidigt kontrollera deras ekonomi så de inte fick socialbidrag, något som var vanligt i de kretsarna. De undersökte också möjligheten av att ha särskilda domstolar som handlade sådana brott, om domare och vittnen inte satt i samma lokal skulle de hot som kom i samband med sådana domstolsförhandlingar elimineras. Man kunde tänka sig att man hade rättegångarna utan tillträde för allmänheten och den åtalade bara visades på en bildskärm, utan att han hade möjlighet att se vilka som satt som jury och domare. Kunde de reda ut MC gängens kriminalitet skulle de antagligen hitta svarta pengar som de kunde

beslagta. Klappjakten på kriminella fyllde snabbt fäng-
elserna men tack vare avtalet med Polen ökade inte
kostnaden för fångvården och det märktes att många
kriminella återvände till sina hemländer. För en gångs
skull hade en upphandling visat sig lönsam.

Kapitel 41

Man kan säga att Sverige inte längre var ett paradis för skurkar och arbetsskygga. Jim sade vid ett av sina framträdande att den enda typ av invandring jag ser framför mig är arbetskraftsinvandring. Men det förutsätter att de som söker redan har ordnat ett arbete i Sverige. Vid samma framträdande upprepade han att den första åtgärden han skulle göra om han blev stadsminister var att ordna en ny folkomröstning om EU och medlemskap i Nato.

Dagen för valet var en grå och mulen decemberdag och det antogs att valdeltagandet inte skulle bli lika stort som vid det föregående valet. Eftersom det varit fusk vid det förra valet var övervakningen denna gång rigorös. Något som var förändrat mot förra valet var datorerna, som väljarna frivilligt fick fylla i vad de röstat, denna gång tagits bort. Anledningen var att om folk kunde följa på datorn hur valet gick fanns det risk att soffliggare kunde låta bli att rösta eller att någon manipulerade datorerna så att folk fick en felaktig bild av hur valet gick. Det viktigaste vid detta valet var att det gick garanterat ärligt till för den breda allmänheten hade helt tappat förtroendet för politiker och det var viktigt att det förtroendet upprättades igen.

Det var poliser eller hemvärnssoldater som bevakade varje valkontor.

Föraktet för politiker var nu större än det någonsin varit
och det var inte konstigt med tanke på vad som hänt
den sista tiden. Om gemene man fick bestämma hade
antagligen de flesta sett att interimsregeringen fått sitta
kvar till nästa val. Både ÖB och rikspolischefen hade
under de gångna tre månaderna blivit något av en
trygghet för allmänheten. Mordfrekvensen i samhället
var sjunkande, bilbränderna hade upphört och även
våldtäcksfrekvensen var på väg ner. Och i de fall det
inträffade greps gärningsmännen oftare än förut och
straffades och utvisades. Det stora bostadsbyggnads-
programmet som den förra regeringen påbörjat "för att
ungdomarna skall få bostad" men som egentligen bara
var för att invandrare skulle få bostad för hyrorna var
så höga att endast socialkontoren kunde betala dem.
De bostäderna tillföll nu faktiskt svenskar som stått i
bostadskön. Ett annat tecken på att människor började
få en tro på framtiden var att börsen stigit de tre sen-
aste månaderna.

Som väntat blev valdeltagandet mindre denna gång.
Men det var lugnt och inga intermezzon rapporterades
in. Det kanske berodde på den ökade bevakningen.
Vallokalerna stängde klockan åtta och alla väntade på
de första resultaten. Åtta och femton kom den första
rapporten från ett litet valdistrikt i Dalarna. Distriktet var
så litet att resultatet inte sade något, men nu började
flera små distrikt skicka in sina resultat och det märk-
tes genast att SD gått framåt sedan förra valet. TV vi-
sade bilder från de olika partiernas valvakor. Modera-
terna och Socialdemokraternas valvakor präglades av

ett förtvivlat försök att se glada ut trots att deras valsiff-
ror var rena katastrofen. Centerns nya partiordförande
var bättre på att hålla skenet uppe för hon hade rutin
sedan sin tid som lekledare. Kommunisterna var glada
för de ökade siffrorna, deras partiledare ansåg att det
berodde på deras politiska program men alla andra in-
såg att deras röster kom från missnöjda Socialdemo-
krater. Även Krisdemokraterna red på den framgångs-
våg som skapades av att inte ha en partiledare som
satt bakom lås och bom, så där var också stämningen
hög. Men hos Sverigedemokraterna var det rena kar-
nevalsstämningen. Var gång det kom upp nya valsiff-
ror på storbildsteven applåderades det och deltagarna
skanderade "Jim ny stadsminister". Till och med Fi för-
sökte se glada ut trots att de fortfarande inte nått en
procent. Vid tolvtiden ansågs resultatet klart så till vida
att SD hade ointagliga 53 % av rösterna.

När det stod klart att SD vunnit höll Jim Åkerman ett
känslosamt tal. Han menade på att nu var allt gammalt
glömt och Sverige skulle bli det folkhem som vi vuxit
upp med. Han skulle som stadsminister se till att det
så snabbt som möjligt skulle bli ett val om utträde ur
EU och i samma val skulle svenska folket få rösta om
de ville gå med i Nato. Han lovordade också den inte-
rimsregering som styrt landet sedan förra valet, under
deras tid hade Sverige blivit ett bättre land att leva i.
Han sade också att vid tillsättandet av ministrar i fort-
sättningen skulle de mest kompetenta få jobbet, det in-
nebar att personer som hade som merit att varit lekle-
dare i TV inte skulle bli ministrar. Försvarsministern

skulle naturligtvis ha en militärbakgrund och justitiemi-
nistern skulle givetvis vara jurist.

Det arbete som interimsregeringen påbörjat skulle han
avsluta. Alla utsatta områden skulle rensas och när det
var klart skulle de ta i tu med MC kriminaliteten. De
provisoriska arrester som byggts skulle tills vidare vara
kvar till alla som satt där var grundligt utredda. Vi kom-
mer också i fortsättningen lägga ut fångvården på ent-
reprenad, visserligen kan det bli lite sämre standard för
fångarna men det skall vara ett straff att sitta i fängelse
inte semester. Vi har redan nu kunnat se att kostnaden
för fångvården har sjunkit, och på sikt skall vi minska
antalet platser i svenska fängelse till förmån för upp-
handling av fängelseplatser.

Då det gäller "hemvändare från IS" skall de gripas och
deras medborgarskap skall fråntas dem och de skall
så snabbt som möjligt utvisas lämpligen till Syrien. Jim
fortsatte talet med att tacka alla som stöttat honom och
sade: "Nu stundar nya tider, Sverige skall inte bli det
land som Amerikas president nämner i avskräckande
syfte. Sverige skall åter bli en nation som respekteras
av omvärlden. Och till makteliten som desperat för-
sökte klamra sig kvar med mord och valfusk vill jag
bara säga; ni hade er chans men ni vägrade lyssna på
folkets vilja och lät er styras av er girighet och maktfull-
komlighet, er tid är ute. Ni kommer att få stå till svars
för det ni åstadkommit och de skyldiga kommer att
straffas på samma sätt som den tidigare stadsmi-
nistern." Talet möttes av applåder som aldrig ville ta
slut och Jim höjde händerna i en segergest. Bilden av

en leende Jim med en stor blomkvast i handen kabla-
des ut i världen.

Kapitel 42

Sveriges riksdag har 349 ledarmöte och en talman och det är det procentuella valresultatet som avgör hur många från varje parti som skall ingå i den. När SD slutligen hamnade på 52% fick de alltså 182 mandat i riksdagen. Ledamötena tillsattes sedan efter listor med namn som varje parti hade. Talmannen från den tidigare riksdagen fick sedan till uppgift att lämna ett förslag till statsminister som majoriteten av riksdagsledamöterna kunde godkänna. I detta fall var det enkelt, för SD hade nu majoritet och det enda namnet som majoriteten skulle godkänna var Jim Åkerman. Sedan fick den nya statsministern tillsätta ministrar som skulle sitta i regeringen. Det blev naturligtvis så att ministrarna kom från Sverigedemokraterna. Det scenario som alla etablerade partier fruktat hade alltså inträffat, Sveriges viktigaste ämbete uppbars av en person som bara för några år sedan kallats för "nazist" och "populist". Man skulle kunna tro att press och övriga media skulle vara ytterst kritiska till valutgången. Men de var vana vid att vända kappan efter vinden och skriva det som makteliten dikterade, och den nya makteliten var SD. Senare blev de säkert snopna när presstödet slopades helt och kvar blev bara en fri press. På SVT blev många programdirektörer arbetslösa över en natt och alla gamla avdankade politiker som dragit sig till-

baka som EU parlamentariker insåg att marken bör-
jade brännas under deras fötter. Deras kontaktnät där
de kunde ordna bra jobb och bostäder åt varandra var
plötsligt värdelösa. Många av dem fick helt enkelt inga
jobb efter att de friställts. De kände sig heller inte
bättre till mods när Jim efter några dagar deklarerade
att han skulle se över pensionerna för avdankade poli-
tiker, för den som inte jobbar skall ingen lön ha som
han utryckte det. Det kom naturligtvis en kör av protes-
ter från alla som pensionerat sig i femtioårsåldern och
utöver höga pensioner drog in pengar på föreläsningar
och böcker. De menade att deras pensioner och av-
gångsvederlag var beslut som riksdagen tagit beslut
om. Men de fick bara till svar att nu skall riksdagen
fatta andra beslut, som också var retroaktiva. De politi-
ker som blev arbetslösa och på grund av sin inkompe-
tens inte kunde få ett "vanligt" arbete skulle i första
hand vända sig till a-kassan. Om de inte var med i nå-
gon sådan skulle de gå till det sociala som alla andra.
De som hade en förmögenhet skulle naturligtvis inte få
någon hjälp förrän kapitalet eller eventuella tillgångar
var slut. När de väl fått bidrag skulle de stå till "arbets-
marknadens förfogande" det innebar att de inte skulle
få några bidrag om de inte utförde arbete som hänvi-
sades av myndigheterna. Ett exempel på sådana jobb
var att plocka sopor längs vägarna och sanera klotter i
offentlig miljö. På så sätt kunde äntligen den tidigare
makteliten börja göra rätt för sig.

Det var naturligtvis inget de etablerade politikerna ville höra, men deras möjligheter att klaga var nu begränsade när de inte kunde styra press och TV.

Kapitel 43

Sagerska huset som var stadsministerns tjänstebostad var byggt i slutet på artonhundratalet och ligger nära riksdagen vid Strömgatan 18. Här har många stadsministrar bott och om väggarna kunde tala skulle de säkert ha mycket att förtälja. Men det är kanske bäst att det som sagts där inte kommer till allmänhetens kännedom. Bostaden var för närvarande tomt för den förra stadsministern hade bytt ut den palatslika bostaden mot en betydligt mindre bostad på Halls fångvårdsanstalt. Det gjorde att den nya stadsministern Jim Åkerman kunde flytta in direkt. Det var praktiskt att bo nära riksdagshuset den första tiden för han hade mycket som han skulle sätta sig in i. Visserligen hade han arbetat över tio år i riksdagshuset men nu var det viktigt att vara nära sin nya arbetsplats. Tanken var att familjen skulle hyra ut sitt hus i Skåne, sedan skulle familjen med sambo och barn flytta med honom och bo i tjänstebostaden.

Han hade bråda dagar nu, som ny stadsminister var det mycket han skulle sätta sig in i. Normalt kan en nytillträdd stadsminister få hjälp av sin föregångare, men det fungerade inte nu. En av de första uppgifterna han hade var att tillsätta ministrar till regeringen. En annan uppgift var att se till att alla onödiga ministrar försvann. Hans föregångare hade haft som vana att tillsätta några nya ministrar så fort de fått makten att göra det.

På så sätt kunde de få in vänner och bekanta som
stöttade dem, men ingen var intresserad av att ta bort
befintliga ministrar. Det var helt enkelt så att desto fler
ministrar en ny stadsminister kunde tillsätta, av folk i
de egna leden, desto fler allierade rygg dunkare hade
han.

Det var heller inte så enkelt att hitta lämpliga kandida-
ter i sina egna led, han hade i sitt valtal sagt att det
skulle vara kompetenta personer och det var inte all-
tid de fanns inom SD. Han blev därför lite irriterad när
sekreteraren meddelade att Wrangel ringde. Men när
ÖB Wrangel ringer svarar man, det var trots allt han
som styrt landet de tre senaste månaderna. Efter att
ha gratulerat till posten som stadsminister och lite artig
konversation kom han till ämnet. Han ville att Jim, riks-
polischefen och han skulle träffas för att prata lite om
framtiden som han uttryckte det. Jim var egentligen
inte intresserad av att träffa dem och skyllde på att han
hade så mycket att göra. Wrangel sade att han hade
full förståelse för det men han själv och polischefen
kunde titta in till honom senare på kvällen, det var
tänkt att de skulle ha ett helt informellt samtal. Det
kunde Jim inte avböja så de kom överens om att träf-
fas i Jims nya tjänstebostad vid åtta tiden. Jim satt och
funderade på vad det var de ville prata om. Kanske var
de ute efter en ministerpost, och det var inte omöjligt
att han skulle föreslå dem som kandidater, båda var
kompetenta inom sitt område. Men det Jim reagerade
mot var att det var han som bestämde vilka ministrar
han ville ha.

När polischef Lindström och Wrangel anlände till Sagerska huset blev de genast igenkända av vakten som alltid bevakade ingången och han ledsagade dem till rummet som Jim satt i. De skakade hand och satte sig i var sin läderfåtölj och Jim frågade om de ville ha något att dricka. "En liten whiskypinne skulle sitta fint" sade Wrangel och Jim hällde upp tre drinkar vid bardisken. "Har du inte betjänter som serverar dig nu när du bor här" sade polischefen med ett leende. Jim skakade på huvudet och sade kort "Jag gillar inte när en massa okända människor springer omkring i mitt hem". Jag förstår att du är stressad, sade Wrangel, så det är lika bra att komma till saken. Han gjorde ett uppehåll, du håller på att utse ministrar sade han och jag tänkte att jag skulle bli försvarsminister och Lindström skulle bli justitieminister.

Jim var nära att spilla ut drinken, sedan log han och sade visst är ni starka namn men ni förstår säkert att det är beslut som jag måste ta med partistyrelsen och ingen av er är medlemmar i SD. Det blev en pinsam tystnad sedan sade Wrangel; "Det var tråkigt att höra men du vet lika bra som jag och polischefen att vi under den här tiden av interimstyre har vi fått landet att fungera och allmänheten har fått förtroende för oss." "Det stämmer" sade Jim, ni har skött era åtagande bra det har jag också sagt förut. Men det är ändå så att det är ett beslut som jag måste ta med partistyrelsen, de kanske går på samma linje, men det är inget jag kan garantera. Wrangel vände sig till polischefen och sade;

"jag tror att Lindström har några papper att visa dig."
Han vände sig till Lindström och nickade.

Kapitel 44

Polischefen tog fram en mapp som han hade i portföl-
jen och lade framför sig. "Känner du någon som heter
Sverre?" sade han och lade fram ett foto som före-
ställde en ung man i tjugo femårsåldern. Jim tittade på
fotot och skakade på huvudet, "Han ser ut som en fot-
bollshuligan" sade han. Polischefen nickade och sade,
"Det är han också och det var han som låg bakom
mordet på den muslimska prästen i Alby, bränningen
av moskén i Botkyrka och upploppet i Rinkeby. "Varför
skulle jag känna honom" sade Jim och kände ett väx-
ande obehag. Polischefen lade fram ett nytt foto som
visade Sverre och Bengt Sundholm, SD s pressansva-
rige. Det är väl en av dina grabbar sade han och pe-
kade på Bengt. Det blev en laddad tystnad, sedan ut-
brast Jim "Är det ett hot? Kommer ni hit och hotar lan-
dets statsminister?" Han var nu röd i ansiktet av ilska.
Wrangel log och sade "Det är realpolitik, hetsa inte upp
dig." Polischefen tog till orda igen och sade, "vi har haft
span på denna Sverre sedan mordet på imamen och vi
är säkra på att han har fått pengar från SD för att ut-
föra de olika attentaten. Vi har kontrollerat hans bank-
konto och han har satt in pengar varje gång det varit
ett attentat. Han är arbetslös och går på a-kassa så
man undrar hur han fått de pengarna?" Jim satt tyst
sedan frågade han "vad är ni ute efter?" Wrangel
sade;" vi vill Sveriges bästa så vi har inte gripit denna

Sverre, men om vi gör det är jag övertygad om att han
eller Bengt kommer att erkänna och hela historien upp-
dagas. Du skall veta att vi numera har helt andra för-
hörsmetoder än tidigare." Ny tystnad, sedan sade Jim:
"Om inte jag samarbetar med er kommer ni att gå ut
med det här?" Wrangel nickade och sade "Men om du
samarbetar kommer vi att glömma Sverre och gå vi-
dare som om inget hänt." Jim satt tyst och funderade
en stund sedan sade han "Jag kan nog ordna så ni blir
ministrar om ni inte har några andra krav." "Det har vi
faktiskt sade Wrangel och räckte över en lista med för-
slag till Jim. Han ögnade genom listan och nickad
"mycket som står på listan hade jag tänkt genomföra
ändå" sade han. Wrangel log "det är skönt att vi kan
komma överens sade han, vi vill ju alla Sveriges
bästa." Spänningen i rummet hade släppt och de tog
en drink till.

Wrangel berättade om alla statschefer som försökt
kontakta honom och de diskuterade en lång stund hur
de skulle bemöta dem. Jim ansåg att de skulle lämna
så lite information som möjligt och försöka utröna hur
de olika statscheferna ställde sig till det inträffade in-
nan de gick ut med någon information. De diskuterade
också om ryktesspridningen och kom fram till att de
skulle stänga ner nätet till allt lugnat sig. Alla hade
mycket att göra så de beslöt att träffas en annan gång.
De skakade och de båda gästerna gick.

Då Wrangel och polischefen kom ut på gatan, drog de
en lättnadens suck. "Det fungerade" sade polischefen
och Wrangel nickade tankfullt och sade "Ja vad fan

skulle han annars göra, ringa efter polisen?" Båda
skrattade och började gå mot polishuset på Kungshol-
men. När de gått en stund stannade Wrangel till och
sade att den dokumentation vi har mot honom är våran
försäkring, kör ut kopior till mig så har vi samma doku-
mentation inlåsta i våra kassaskåp, det skulle vara
olyckligt om de kom på avvägar. Arvid nickade och de
fortsatte att gå.

Då de gått satt Jim tankfullt och funderade på det in-
träffade. Att han nu var styrd av Wrangel och polische-
fen var ett faktum men var det så fel? De ville samma
sak och han kunde också se dem som allierade. I och
med att han samarbetade med dem hade han också
tillgång till Sveriges våldsmonopol, det kunde vara en
tillgång i framtiden. Det de hade gemensamt var att de
ville Sveriges bästa. En sak som slog honom var att
han i framtiden skulle se till att Bengt Sundholm på nå-
got vis måste bort. Han band Jim till brotten som
Sverre begått. Även Sverre borde på något vis elimine-
ras, han visste för mycket. Sedan gällde det att få nå-
gon hållhake på Wrangel och Lindström. Han suckade
och lutade sig bakåt i stolen, men det blir ett senare
problem, tänkte han. Jim reste sig och gick fram till
fönstret. Han tittade ut över det strömmande vattnet
som nu var alldeles svart och bara reflekterade ljuset
från gatubelysningen och passerande bilar. Det kän-
des konstigt att bo här, säkert hade många stadsmi-
nistrar stått och blickat ut genom detta fönster och fun-
derat över framtiden, han var bara en av många och i

framtiden skulle han bara vara några meningar i historieböckerna. Stadsministrarna växlar men Sagerska huset står kvar.

Efterord.

Politikerföraktet har nog aldrig varit så stort som det är nu före valet 2018. Jag tror inte att det beror på att politikerna är mer lögnaktiga nu än vad de varit tidigare. En anledning till att det är så utbrett nu är antagligen att lögner blir avslöjade på nätet. Förr var det tidningarna som stod för "sanningen" och de var lätta att manipulera av makteliten men det går inte med nätet.

Hela samhället har också genomsyrats av ökad girighet och sådana influenser kommer ofta uppifrån. Jämför löneutvecklingen för riksdagsmännen under de senaste tjugo åren med löneutvecklingen för vanliga arbetstagare under den tiden, så förstår ni vad jag menar.

Med girighet kommer också korruption, det är som cancer i ett samhälle. En kommun som givit korruptionen ett ansikte är Sigtuna. Där tog socialdemokraterna över makten från moderaterna genom att lova assyriska föreningen att köpa en centralt belägen tomt, för att bygga en kyrka, för en krona, om de röstade på socialdemokraterna vid nästa val. Kommunen styrs nu av en assyrisk maffia med en ordförande som också naturligtvis är assyrier. Alla kommunala skandaler med "fribrev" styrda upphandlingar och svartbyggen kan ni se på SVT play under "Uppdrag granskning".

Det som hänt i Sigtuna kan hända i andra kommuner eller på lång sikt i hela Sverige. Jag hoppas att jag har fel. Men en sak vet jag i ett sådant land vill inte jag, eller mina barn och barnbarn, bo i.

Bo Hansson / Författaren.